O filho do homem

Jean-Baptiste Del Amo

O filho do homem

tradução
Julia da Rosa Simões

todavia

*E a raiva dos pais reviverá
nos filhos a cada geração*

Sêneca

O guia se detém, levanta o rosto para o céu e, por um instante, o círculo escuro de sua pupila se alinha ao círculo branco do sol, a estrela castiga a retina e o ser que rasteja na lama matricial desvia o olhar para contemplar o vale pelo qual avança com os seus: uma lande maltratada pelos ventos, de vegetação rala, salpicada de arbustos de formas dolentes; uma terra triste sobre a qual paira em negativo a imagem do astro do dia, lua negra pousada no horizonte.

Eles caminham há vários dias em direção ao oeste, contra o fustigante vento do outono. Barbas desgrenhadas cobrem o rosto duro dos homens. Mulheres de faces rubicundas carregam recém-nascidos sob peles puídas. Muitos morrerão no caminho, azulados pelo grande frio ou levados pela disenteria por beber a água parada dos charcos onde os rebanhos selvagens matam a sede. Os homens cavarão para eles, com a força de seus dedos ou de suas lâminas, tristes buracos no solo.

Neles depositarão o corpo enfaixado que parecerá ainda mais insignificante no breu do túmulo; também colocarão coisas inúteis, a pele que envolvia a criança, uma boneca de cânhamo, um colar de ossos que logo se confundem com os do pequeno morto. Atirarão sobre seu rosto punhados de terra que selarão seus olhos e sua boca, depois depositarão sobre o montículo pedras pesadas para proteger o cadáver dos animais carniceiros em busca de comida. Por fim, seguirão seu caminho e somente a mãe talvez lance um último olhar por cima do ombro, na direção do montinho cintilante, logo engolido pela sombra de uma encosta.

Um velho arrasta seu corpo descarnado sob uma pele robusta cujos pelos se movem ao sabor das borrascas. No passado ele também guiou o grupo para além dos planaltos e vales, ao longo de cursos de água de margens desenhadas, na direção de terras férteis e céus mais clementes. Agora segue a duras penas os mais jovens e mais fortes que ele, os que marcham à frente e decidem montar acampamento ao fim do dia e erguê-lo ao alvorecer. Pode ser que à entrada de uma caverna eles façam uma parada, acendam uma fogueira que rasgue a noite e ilumine com suas chamas os contornos de criaturas parietais que outros antes deles traçaram à luz bruxuleante de uma tocha de sebo.

No coração das trevas, eles amontoam os corpos rudes uns contra os outros, sob grandes peles das quais sobressaem apenas seus rostos. Seus hálitos se condensam e seus olhos ficam muito tempo abertos, enquanto as mães tentam acalmar o choro dos bebês, esfregando um bico de seio em seus lábios. Alguns homens falam em voz baixa, atiçam as brasas, que ficam vermelhas e esvoaçam — seu reflexo atravessa como um satélite a íris dos sentinelas —, rodopiando como se aspirassem chegar à imensidão celeste onde outros astros se consomem antes de desaparecer, engolidos pelo ávido coração da noite.

A promiscuidade oferecida pelas peles que os cobrem os incita a copular. Ignorando o filho que ela ainda aquece contra seu ventre, o macho às vezes agarra o traseiro que a fêmea indistintamente lhe oferece ou recusa, estimula o sexo previamente untado com um espesso cuspe e sacoleja até descarregar dentro dela. Antes de escorrer pela coxa, enquanto ela volta a dormir, o sêmen eventualmente fecundará a fêmea que, com os dentes cravados num pedaço de madeira, dará à luz três estações mais tarde, à sombra de um arbusto, a poucos passos do acampamento estabelecido pelo grupo para esperar o parto.

Agachada, segurada por outras mulheres que se revezam para enxugar seu rosto, suas panturrilhas, seu sexo, ela expulsará direto no chão ou entre as mãos de uma parteira o fruto de seu coito. O cordão umbilical será cortado por uma lâmina de sílex. A coisa levada à luz e colocada sobre o odre vazio do ventre rastejará para beber o colostro no mamilo, dando início ao ciclo necessário para sua sobrevivência, que a verá continuamente engolir e excretar o mundo.

Se a criança sobreviver aos primeiros verões e aos primeiros invernos, se seu cadáver não se juntar aos já deixados para trás — de um deles, transportado por uma marta até as proximidades de um pequeno charco, subsiste por certo tempo uma caixa torácica semiafundada no lodo, e sob o arco das costelas, antes que elas se transformem em pó, eleva-se o caule cor de marfim de uma cavalinha-dos-campos —, ela logo caminhará junto aos seus, admitida entre eles, lerá o caminho das estrelas, percutirá as pedras para produzir fogo e lâminas, aprenderá o segredo das plantas, colocará emplastros nas feridas e preparará o corpo dos mortos para sua última viagem.

Quem sabe a criança se beneficiará de uma prorrogação e alcançará o momento em que sua carne já cansada a intimará a se reproduzir. Ela não cessará de tentar se fusionar com um dos seus, abraçará ao acaso e às cegas outro desses seres miseráveis no frio de uma noite inflamada, a Via Láctea espiralando o céu acima deles. Depois de percorrer com seus passos um pedaço de terra, de conhecer um punhado de auroras pálidas e crepúsculos, a fulgurância da infância e a inelutável decrepitude do corpo, ela morrerá de uma maneira ou de outra antes de chegar à idade de trinta anos.

Mas, por enquanto, a criança ainda pertence ao nada; não passa de uma ínfima, intolerável probabilidade, enquanto a horda de homens avança de cabeça baixa pela borrasca, rebanho vertical, obstinado e maltrapilho. Eles carregam nos ombros ou puxam sobre trenós alguns couros curtidos e cerâmicas modeladas para guardar reservas de gordura. Nelas conservam as raízes, as nozes, as frutas e as bagas colhidas no caminho, com as quais se alimentam, mastigando polpas secas, fibras que se tornam comestíveis em gordura queimada, engolindo sucos amargos ou adocicados.

Depois de várias semanas de marcha, chegam à margem de um rio cheio de peixes, de leito sinuoso, que atravessa a perder de vista uma planície visitada pelas sombras das nuvens que correm de leste a oeste. As sombras perseguem e precedem a corrida das nuvens, obscurecem nacos inteiros de paisagem, aprofundam os vales, aplainam as turfas, densificam as florestas cujo marrom-esverdeado de repente se transforma em preto-carvoento e convertem a água dos pântanos em grandes placas vítreas eriçadas de juncos secos, que zunem ao vento como asas de insetos. As nuvens nos picos imaculados se afastam e a luz aparece de novo, abrasando a terra. Uma revoada de garças se eleva dos pântanos; a flecha de seus pescoços fende o ar e suas asas abertas cintilam no azul-celeste.

Os homens se detêm e montam acampamento. Alguns dos mais hábeis na pesca entram na água que espuma contra as rochas ou sobre os troncos de árvores arrastados até ali pela correnteza. Os pescadores avançam pelas margens, perscrutando o fundo das águas. A superfície devolve o reflexo de seus rostos simiescos e, atrás deles, do céu nebuloso que flutua sobre o malhado das pedras roladas e polidas pelo rio. O rugido da corrente e do esforço que eles precisam fazer para sondar com o olhar o brilho das águas não tardam a mergulhar os pescadores numa espécie de transe. Arqueados, com os braços soltos, a espuma nas coxas ou na cintura, as mãos roçando com a ponta dos dedos a superfície da água, eles avançam como escuros pernaltas moldados pelo rio.

Um deles se inclina um pouco mais e mergulha os braços no caudal. Num poço de água calma, perto de um tronco apoiado na margem, o pescador percebeu o nado fantasmagórico de um salmão que desova na contracorrente, seus reflexos metálicos fundidos ao frêmito sempre cambiante das águas. Ele se aproxima com extrema lentidão, cuidando para que sua sombra nunca o preceda. Deixa os antebraços suspensos entre duas águas — a superfície distorce consideravelmente a visão, tanto que os dois membros parecem separados do pescador, pertencentes à realidade fechada do rio — e não perde o salmão de vista, a pupila sarapintada de ouro, a opalescência da escama pré-orbital.

Com infinita precaução, o pescador reúne as mãos sob o abdome do salmão e por um instante parece que ele o segura como uma oferenda, que entrega o salmão ao rio, ou ao menos que sustenta seu nado estático, precioso, delicado. Quando as palmas das mãos tocam as nadadeiras abdominais do salmão, o peixe desvia num sobressalto, sem no entanto tentar fugir. O pescador aguarda sem se mover, as palmas encerram apenas reflexos de luz em movimento. Ele leva de novo as mãos para baixo do salmão; dessa vez, o peixe se deixa tocar e até levantar, e somente quando sua linha dorsal rompe a superfície da água é que tenta se libertar com uma formidável contorção.

Mas as mãos do pescador se fecharam; com um gesto poderoso ele puxa o peixe da correnteza e o projeta nos ares na direção da margem, onde algumas crianças avançam com galhos de avelã de extremidade talhada em ponta. Uma delas, uma menina desgrenhada e zarolha, corre até o salmão que se debate sobre os seixos, se agacha e o imobiliza no chão com uma mão. Ela enfia a ponta da lança no orifício branquial e faz com que saia pela boca. A mandíbula inferior se abre e fecha em vão, e a menina levanta acima da cabeça o peixe empalado cujo flanco reluz ao sol.

Agachadas na margem sobre os seixos, duas mulheres preparam os salmões capturados pelos pescadores. As escamas cobrem a pele escura de suas mãos quando elas enfiam no orifício anal a ponta de um sílex, fazem uma incisão no abdome de alto a baixo e colocam o indicador e o dedo médio dentro da fenda para abrir a cavidade ventral. Elas extraem tripas vermelhas e amarronzadas, atiradas no chão com um gesto enérgico. A menina zarolha está ao lado delas e as observa com atenção. Ela pega a bexiga natatória caída entre duas pedras, contempla por um instante sua brancura irisada e a estoura com os dedos.

As mulheres penduram uma pele numa trama de galhos, enchem-na de água e nela mergulham os seixos previamente aquecidos nas brasas de uma fogueira. Também mergulham mexilhões de água doce coletados pelas crianças, tubérculos, ervas aromáticas colhidas e secadas no verão anterior, e finalmente os peixes, cuja carne não tarda em se desmanchar. O caldo logo perfuma a margem tranquila e azulada.

À noite eles saciam a fome e os mais jovens, exaustos pela caminhada e pelas brincadeiras nas águas agitadas da correnteza, adormecem ao som de uma cantilena entoada perto do fogo pelo antigo guia. Esse canto é algo anterior ao canto, anterior à própria voz, um lamento gutural, modulado, feito de vibratos e ondulações dissonantes, expirações profundas e graves cuja caixa de ressonância é o corpo do ancião. Em alguns momentos não parece vir do velho, mas de fora dele, dos segredos da noite profunda, da planície invisível, do leito negro do rio e do coração das pedras — segredos convocados àquele corpo seco e nodoso como um tronco de videira, pois nada se move naquele rosto desgrenhado pelo qual só passa o orbe luminoso das chamas.

Os lábios mal estremecem sob a barba, e os olhos estão fechados, o olhar voltado para dentro. A melopeia carrega uma torrente de imagens, sensações de profunda melancolia que todos levam na pele, de errância sobre a terra, sem objetivo e desprovida de sentido, do ciclo das estações sempre renovadas, dos mortos que seguem caminhando a seu lado e se revelam a eles nos segredos da noite através de uma sombra furtiva ou do uivo de um lobo. E quando o velho se cala, quando o canto se apaga dentro dele, todos retêm a respiração; alguma coisa acaba de ser dita sobre suas insignificâncias e suas majestades.

À luz de uma manhã pálida, o mundo se desvela drapeado de geada, cintilante. O hálito dos homens se condensa no ar glacial enquanto reavivam o fogo. Eles cavaram o chão em certos lugares, estenderam peles sobre estacas, erguendo assim algumas cabanas sob as quais mulheres e crianças ainda dormem umas contra as outras, cobertas por outras peles.

Gralhas sobrevoam o acampamento e pousam um pouco adiante, nos galhos de uma árvore, sua plumagem azeviche se destaca sobre os ramos cobertos de gelo. Observam os homens que talvez lhes deixem algo e eles as observam, porque às vezes lhes indicam a presença de uma carcaça em torno da qual os pássaros se amontoam e brigam — eles a roubam e levam ao acampamento para se alimentar.

As reservas logo começarão a faltar. Eles se alimentam de nozes, bolotas de carvalho trituradas e fervidas várias vezes para eliminar os taninos, amassadas em biscoitos e cozidas sobre as brasas. Esquadrinham os troncos de madeira morta para extrair larvas, desenterram raízes, arrancam das árvores as cascas e os musgos comestíveis.

Ao alvorecer de um novo dia, avistam um grupo de cervídeos pastando na orla de uma floresta. Armam-se com azagaias feitas de tronco de pinheiros jovens descascados, pontas de lasca de sílex e plumas de gavião, falcão ou coruja. Eles se põem em marcha; uma mulher e três homens silenciosos. O último é seguido de perto por um menino de rosto emaciado, recém-púbere. Seus membros são magros, os gestos pouco seguros, uma barba juvenil cobre seu lábio superior e as bochechas. Ele passeia de um caçador a outro seus olhos escuros, espantados, no fundo de órbitas escavadas sob o volume proeminente da fronte. Volta constantemente a cabeça para aquele que fecha o grupo — seu genitor — e o segue de perto. Tenta captar algo da atitude dos caçadores, do mutismo que se esforça para imitar.

Eles a princípio parecem se afastar dos veados, que seguem pastando com indiferença — um deles, um macho que perdeu a galhada no outono, se endireita para espreitar os arredores, se imobiliza, fareja, resfolega várias vezes, seu hálito branco fica suspenso acima de seu crânio como se acabasse de expirar sua alma —, e seu avanço segue uma ampla curva na direção do oeste, através do mato onde a noite se demora, suas silhuetas apenas discerníveis sob a lua que decresce e empalidece acima deles, enquanto a aurora, bruscamente rosada e púrpura, vem dissociar o céu da terra.

Quando o veado está à espreita, os caçadores se imobilizam, retomando seu avanço assim que o animal abaixa a cabeça. Eles param entre os arbustos esbranquiçados e o adolescente vê o pai tirar uma bolsa de couro do emaranhado de peles que o cobrem. Ele a levanta e com uma pressão de seus dedos faz sair uma baforada de cinzas que se dispersam entre seus corpos atentos e reunidos, indicando que um vento calmo varre a planície na direção deles.

O pai assente e os caçadores retomam a marcha. Eles chegam à orla da floresta, penetram na sombra do bosque no momento em que o grande incêndio tem início a leste e estende sobre a planície uma luz alaranjada.

Os caçadores avançam, cuidando onde pisam sobre o leito de folhas e galhos cobertos de geada. Logo avistam com mais nitidez o bando composto pelo macho, três corças e um corcinho sem dúvida nascido na primavera, pois sua pelagem já se parece com a dos adultos, de um cinza-escuro salpicado de orvalho. Eles também têm na base do pescoço uma pelagem clara, que aparece quando erguem a cabeça; seu lábio inferior é branco sob as narinas pretas, o dorso é ornado de uma mancha branca brilhante.

Com um gesto rápido, o pai ordena aos outros dois caçadores que se separem para contornar o bando e eles penetram no bosque. Sozinho a seu lado, o menino os vê desaparecer, logo engolidos pelos troncos escuros, a noite da floresta. Pousando a mão em seu ombro, o homem pede que ele se abaixe atrás de uma árvore caída. Os dois se mantêm ali, agachados, perscrutando a planície, na qual pairam fios de névoa, a fumaça distante do acampamento, corças à contraluz do astro ascendente, reduzidas a silhuetas de centro compacto, mas de contornos difusos devido à luz, tanto que elas parecem mais esguias, frágeis e prontas para evaporar a qualquer momento.

Seus corpos ficam doloridos devido à espreita e ao frio. Eles apertam o cabo das azagaias. O filho não tira os olhos do rosto do pai. Um som distante se eleva, semelhante ao grito agudo de uma ave de rapina, e o homem coloca sua azagaia no propulsor, imitado pelo filho. Eles retêm a respiração até que um segundo sinal varre a planície. Veem as corças, tiradas de seu pasto, saltitarem e correrem juntas em sua direção. Os dois batedores já saíram do bosque e correm a toda velocidade atrás do bando, mantendo-se à distância um do outro.

O bando conduzido pelo macho tenta um movimento de fuga na direção do espaço aberto da planície, mas a caçadora desvia seu avanço e o faz voltar atrás. Com uma mão erguida na altura do peito, o pai ordena ao filho que se mantenha imóvel. O filho vê as corças saltitando em sua direção num silêncio quebrado apenas por suas respirações e pela batida surda de seus cascos no chão entre dois saltos majestosos.

O pai abaixa a mão e os dois se levantam como um só homem, surgindo acima do tronco de árvore caída. Eles veem o macho esboçar um breve movimento de recuo com a cabeça. O medo arregala seus olhos, o animal desloca o peso de seu corpo para a esquerda e se vira na direção do bosque.

Os caçadores lançam na mesma hora suas azagaias, que atravessam a manhã lívida. Tudo fica em suspenso: as armas traçando sua trajetória ascendente na planície, as corças em levitação acima dos arbustos, o pescoço do macho já tocando a sombra do bosque onde folhas mortas seguem caindo em espiral da copa das árvores, o corpo escuro dos homens em seu encalço e, ao longe, a revoada de um grupo de aves brancas espantadas de uma mata pela fuga dos cervídeos.

As azagaias lançadas simultaneamente pelo pai e pela caçadora se cravam no sulco deixado pelas corças, o impacto ecoa ao longo da lança numa vibração sonora. A do segundo batedor cai nos arbustos com um silvo de cobra, enquanto a azagaia lançada pelo adolescente atinge sem fazer barulho a espádua de uma das duas corças.

O animal é atirado para a direita, cai sobre as patas dianteiras no leito de folhas mortas e galhos cobertos de gelo que estala sob seu peso. Ele consegue se levantar convulsionando todo seu corpo e, num salto, cruza a orla do bosque. Os homens recolhem suas armas, entram na floresta atrás do bando, mas a pelagem das corças já se confunde com a infinita repetição dos troncos e somente a mancha de seus dorsos permite distinguir seus movimentos espasmódicos à medida que avançam cada vez mais entre as grandes samambaias escurecidas pelo frio. Os caçadores se separam novamente, avançam à distância uns dos outros, sua caminhada é travada pela vegetação, pelas turfeiras odoríferas.

Uma luz fria banha a vegetação rasteira do bosque, esmaga as formas, as cores. Quando o pai se abaixa para pousar a ponta de seus dedos sobre um cepo quebradiço e ergue a mão, o sangue que a tinge é estranhamente escuro; ele precisa estender o braço no poço de luz formado pelos galhos nus de uma faia para que a mancha se revele de um vermelho vivo. Ele enxuga os dedos sobre o couro que cobre seu tronco, examina o solo e avista nas proximidades de um lodaçal as pegadas deixadas pela corça ferida, que indicam que ela está mancando e já não consegue apoiar seu peso sobre a pata anterior esquerda.

As batidas de um pica-pau num tronco oco ecoam a intervalos regulares. Um galho cai sobre um leito de folhas com um ruído surdo. Um pouco à frente, fora da vista do pai, o filho ergue o rosto para a copa das árvores de ramagens escuras. Seu sopro se eleva e se dissipa acima dele. Ele observa o inextricável emaranhado vegetal contra o qual precisa lutar para avançar, os troncos luzidios, as raízes aracnídeas que afloram sob o húmus. O cheiro da floresta o inebria e desequilibra. Ele já não percebe a presença dos outros caçadores. Tem a sensação de que a floresta o empurrou para profundezas orgânicas, para o terreno acidentado e pegajoso onde ela orquestra suas fermentações secretas. Ele se apoia no tronco encharcado das árvores, tira o pé de uma poça d'água, de um cipó, se extirpa da matéria em putrefação que nutre a terra e que na primavera fará brotar de sua matriz uma vida impiedosa. A luz surge à sua frente, brilhando atrás dos troncos.

Ele avança e descobre uma clareira coberta de urzes invernais. A corça está deitada sobre arbustos salpicados de flores de malva. Com a cabeça virada, ela lambe o flanco em que está cravada a azagaia, cujo cabo toca o chão. O adolescente se mantém fora de sua vista, dissimulado pelas árvores. Ele vê o corcinho que vai e vem num trote nervoso na orla do bosque. A corça desiste de lamber a ferida, ergue a cabeça para ver o corcinho. Ela tenta se apoiar nas patas posteriores para se levantar, mas só consegue erguer a anca e cair pesadamente. Estende o pescoço, pousa a cabeça no chão e não a ergue quando o jovem caçador avança a descoberto. Um breve tremor percorre seu corpo tomado pela ideia de fuga, e o corcinho entra no bosque, onde se imobiliza.

O adolescente caminha até a corça, se mantém a seu lado, sua sombra cobre o peito e o flanco do animal, que tem a respiração acelerada. Ele sente o cheiro suave da caça, o cheiro ferroso do sangue que molha sua pelagem. Adivinha a contração febril do coração sob o arco aparente das costelas. Os olhos de pupila oval e íris castanha refletem uma visão distorcida do mundo, a silhueta do jovem caçador, as linhas convexas dos pinheiros de tronco acobreado, o céu abobadado acima das copas. Um líquido translúcido escorre daqueles olhos, adere aos cílios e escurece o pelo curto da face. Um passo se faz ouvir sobre as folhagens. O jovem caçador vira a cabeça e percebe a silhueta do pai, que avança entre as árvores.

Ele desvia sua atenção para o corcinho ainda à espreita na penumbra do bosque, se abaixa para pegar do chão uma pedra semienterrada e a atira com toda força na direção do animal. O projétil atinge o tronco de uma árvore, o corcinho foge, se detém para lançar um último olhar na direção da clareira e da corça deitada, dá um salto e desaparece.

O pai surge no espaço aberto da clareira, alcança o filho com seu passo pesado, empunhando com firmeza o cabo de sua azagaia. Chegando ao lado do jovem caçador, ele abaixa o olhar para a corça, leva a mão à boca para amplificar um grito curto e repetido que se eleva no ar vibrante. O animal exala um sopro rouco quando o homem se agacha a seu lado. O sol acaba de surgir atrás das árvores e banha os três — o homem, o menino, a corça — com uma luz quente que faz suas peles molhadas de orvalho fumegarem. Os outros dois caçadores emergem do bosque e caminham até eles.

O pai deposita sua arma sobre as urzes, leva a mão esquerda ao ombro da corça e, com a outra, agarra o cabo da azagaia lançada pelo jovem caçador. Sua mão desliza pela madeira polida para chegar à ponta. Com um gesto enérgico que faz os tendões de seu pescoço sobressaírem, ele a enfia no peito do animal. A lâmina de sílex abre caminho na complexa trama de músculos, nervos, veias, perfura o coração da corça atravessada por um único tremor, contido pela mão do caçador em seu ombro. Com um movimento contrário, o homem retira a azagaia. O cabo e a ponta aparecem, um sangue escarlate escorre pelo flanco e goteja no chão.

O pai mergulha os dedos na ferida aberta no flanco da corça, se levanta e marca a testa do jovem caçador com um traço vermelho, vertical. A mão pousa sobre a bochecha, o polegar manchado sobre o osso malar, a extremidade dos outros dedos sob a orelha. Ele se demora numa carícia que prolonga na pele do menino a sensação de sua palma rugosa e glacial. Os dois outros caçadores os alcançam, contemplam a caça e a marca já escura na testa do filho.

O pai pega a carcaça pelos jarretes, levanta-a do chão e a coloca nos ombros. O pescoço do animal repousa sobre seu braço; o olho apagado, velado, não reflete mais nada e a ferida segue escorrendo lentamente. Quando ele se põe em marcha e volta ao bosque na direção do acampamento, a cabeça da corça balançando contra seu braço, os caçadores o seguem. O menino permanece imóvel no centro da clareira. Ergue os olhos para o voo suspenso de um falcão, o rosto inundado de luz. Quando volta sua atenção para os seus, vê a caçadora se deter e olhar em sua direção antes de cruzar a orla do bosque. Ele agora está sozinho no coração tranquilo da floresta. Os pássaros se calaram. Ele parece querer ficar ali, entre as urzes e o murmúrio das árvores, e desistir de seguir o grupo. Ele se deitaria na cavidade ainda morna deixada pelo corpo da corça e, com os olhos fixos no céu, se deixaria cobrir pelas folhas escuras, pelos húmus férteis.

O falcão lança um grito estridente, se precipita sobre uma pequena presa em algum lugar da planície. Então o jovem caçador se abaixa e junta sua azagaia do chão.

Às primeiras horas da madrugada, eles deixam a cidade para trás. O filho cochila no banco de trás da velha perua. Com os olhos semicerrados, ele vê passar pelo vidro do carro as casas do subúrbio, os edifícios de uma zona comercial e suas luzes que se dissolvem na noite.

Eles passam pelo antigo pátio de manobras ferroviário, com os vagões cobertos de ferrugem e escuridão encalhados entre arbustos espinhosos, pelos silos de uma cooperativa agrícola coroados pela névoa azulada do feixe de um holofote que ilumina um imenso pátio de concreto de repente atravessado por um cachorro esquálido.

O menino vê o pai desaparecer na sombra de um caminhão-caçamba. Ele cochila e o cachorro aparece em seus devaneios, compassados pelo pulso das luzes que o alcançam. O animal caminha a seu lado ao longo de uma trilha, no coração de uma floresta profunda — ou talvez de uma planície selvagem e tranquila, não saberia dizer. Sua mão toca a cabeça do cachorro, a palma repousa sobre ela. Os dois avançam num mesmo passo, suas respirações estão perfeitamente sincronizadas, o animal e o menino agora formam um único e mesmo ser, um corpo unificado avançando pelo espaço e pela noite que se abrem ao infinito diante deles.

A mãe ergue o olhar para ele, pelo retrovisor. O menino sente em sua sonolência o bálsamo familiar dos olhos castanhos pousados sobre ele. Várias vezes ele dormiu na cama da mãe, os dois deitados de lado, um de frente para o outro, a cabeça sobre um braço dobrado, e no frescor do quarto iluminado pelo sol ele contemplou o rosto da mãe, os olhos da mãe, marcados por algo indizível, uma tristeza infinita ou uma resignação, como se ela se encontrasse diante dele, seu filho, desamparada e culpada.

Um fogo se propaga ao longe sob um céu sem estrelas, um sopro de dragão ou de refinaria. A mãe contempla o filho por um instante até que ele desaparece atrás de uma linha de árvores nuas, depois leva o olhar para o pai, que tem os olhos fixos na estrada, impassível, segurando a direção com a mão esquerda, sem sequer piscar. Somente o músculo de sua mandíbula ocasionalmente se tensiona sob a pele da bochecha sombreada por uma barba incipiente.

Mais tarde, eles param num posto de gasolina e o bater das portas acorda o menino.

— Me passe um cigarro, por favor? — pede a mãe.

O pai aponta para o porta-objetos e contorna o veículo. Pela janela de trás, o filho vê a respiração dele ondular à luz crepitante de um letreiro de neon. O contador gira à medida que a bomba de gasolina enche o ventre da perua num zumbido.

A mãe se afasta do carro, ajustando ao pescoço o colarinho da parca. Ela acende um cigarro, exala uma primeira baforada — segura o filtro entre as últimas falanges do indicador e do dedo médio, quase na altura da unha —, caminha ao longo de um aterro coberto por uma grama exangue e volta sobre seus passos. Ela leva o cigarro aos lábios, lança ao redor olhares furtivos que se demoram nas sombras escondidas nos galhos das árvores e dos arbustos de alfena.

O menino abre a porta, desce do carro e respira os vapores da gasolina. Ele se espreguiça e caminha na direção da mãe, que o vê e atira a bituca de cigarro no chão, esmagando-a com o sapato. Ao cair, a bituca rodopia soltando minúsculas brasas que se atiçam ao serem consumidas. O menino se aninha em seus braços.

Eles não falam, tenuamente iluminados pela luz propagada pelo posto de gasolina, que lembra, na névoa, um navio fantasma da marinha mercante. O menino inspira o cheiro de sabão e tabaco da parca. Ela passa a palma da mão pelos cabelos ruivos do menino, se demora na nuca.

— Precisamos ir — diz o pai.

Ela assente e sua mão desliza da nuca para a bochecha do filho.

— Falta muito? — ele pergunta.

— Não sei — ela responde. — Mais algumas horas.

Eles entram no carro e voltam para a estrada. Enquanto avançam por uma rodovia regional, não demora para que tenham pela frente apenas uma escuridão total, que os faróis conseguem cindir e que se fecha sobre si mesma assim que passam. Cortinas de neblina voltam a aparecer, espectros esbranquiçados em levitação sobre o asfalto, atravessados pela perua e engolidos pela noite.

Percorrem um vale percebido de maneira fragmentada à luz dos faróis: florestas resinosas, estacas de madeira de acácia que cercam com arame farpado indefiníveis pastos cobertos de geada, casarões de pedra com telhados de ardósia, às vezes reunidos em vilarejos cujas edificações incrustadas na noite lembram casamatas ou os últimos vestígios de uma civilização perdida.

À medida que o vale se estreita, colossos adormecidos surgem à frente deles, maciços calcários de picos invisíveis, sombras monumentais mais impenetráveis que a própria noite; a perua parece se precipitar na direção de uma muralha intransponível que só poderia ter sido erguida pela mão de um deus.

O veículo entra num túnel, e a luz difusa dos faróis é engolida, reverberada pelos arcos de concreto, projetando na cabine um feixe de claridade amarelada que contorna os rostos do pai e da mãe. Acima deles desfila a massa inconcebível da montanha, dezenas de milhares de toneladas de rochas magmáticas imbricadas, de granitos, quartzos, micas e limos fósseis. O menino, deitado no banco de trás, tranca a respiração, se pergunta como o túnel consegue sustentar todo aquele peso sozinho. A montanha não poderia cair de repente e sepultá-los?

Eles desembocam num novo vale e o halo dos faróis se choca com a cortina de um nevoeiro denso que obriga o pai a diminuir a velocidade da perua.

Placas de trânsito logo aparecem — boias de sinalização sobre um mar parado —, uma rotatória, uma estrada que atravessa pequenas aldeias construídas ao longo da via, com suas ruelas escuras e perpendiculares, a pequena praça de sempre na frente da igreja, contornada diretamente no asfalto por amoreiras-chinesas de galhos marmorizados por cocô de pomba, a igreja sinistra e grave como um dólmen, com seu invariável pórtico ogival e seu campanário fincado na noite.

As aldeias desaparecem por sua vez e a perua entra numa estrada em zigue-zague, cruza pastagens abruptas no meio das quais dormita a massa indistinta de rebanhos presos a um solo pedregoso, pesados fardos de feno empilhados sob grandes lonas, alguns deixados perto de uma manjedoura ou de uma velha banheira de metal esmaltado fazendo as vezes de bebedouro, com as cordas rompidas e o fardo desmoronado, cheio de umidade; de vez em quando, novos edifícios de moradia, fazendas leiteiras ou antigos currais encostados na montanha, construídos na própria rocha, com suas pedras claras, seus telhados cobertos de musgo e suas janelas mais amplas e escuras que um abismo.

O menino vê uma cruz na beira da estrada carregando o corpo pálido de um cristo de pele metálica, coberto de placas de líquen ou ferrugem. Os últimos fios de névoa se dissipam subitamente e o contorno nítido do maciço aparece. A noite agora carrega a promessa da aurora, essa ínfima variação que ressalta os contornos do mundo antes que sejam visíveis, deixando aparecer apenas os graus de escuridão. Um véu até então invisível se rompe; tudo o que se mantinha oculto nos mistérios da noite é subitamente banhado por uma luz azulada que não parece vir de fora das coisas mas emanar delas, uma fosforescência lívida que exsudava das pedras, do asfalto, do tronco dos pinheiros e da folhagem das árvores.

O pai conduz a perua para uma estrada de chão batido que se embrenha num vale arborizado com faias, carvalhos-brancos e coníferas. Uma pequena correnteza serpenteia silenciosamente mais abaixo, uma água veloz e escura fervilha sobre as pedras que afloram à superfície e, no bosque imóvel, alguma coisa também está em suspenso, uma impaciência tremula, a noite se retrai e forma vastos nichos sombreados sob a copa das árvores, por onde se movem e chilreiam bandos de pássaros.

— Merda —, diz o pai, enfiando o pé no freio.

O tronco de um pinheiro surge à frente deles no feixe dos faróis. Ele abre a porta e desce do carro.

— O que foi? — pergunta o menino.

— Uma árvore caiu na estrada — responde a mãe.

Eles veem o pai inspecionar o tronco marrom, colocar um pé na casca luzidia e empurrar com todas as forças, mas a copa do pinheiro está presa entre dois carvalhos, do outro lado da estrada. Ele volta para o carro e se senta atrás do volante.

— Não podemos continuar. Não tenho como cortar o tronco.

— Nós dois juntos não conseguimos mudar o tronco de lugar? — pergunta a mãe.

— Impossível. Ele não está totalmente desenraizado. Vamos continuar a pé.

O pai manobra a perua na direção do talude, os pneus patinam na terra solta, projetam na estrada dois tufos de húmus e cascalho. Uma derrapada leva o veículo a uma área desimpedida do bosque, um escuro enclave de samambaias. O pai puxa o freio de mão, engata a primeira marcha e desliga o motor.

— Peguem suas coisas — ele diz.

Eles descem do carro.

O pai abre o porta-malas, tira uma primeira mochila e a entrega à mãe. Ela a pega e a carrega, não sem dificuldade, até um trecho plano da estrada e a deposita a seus pés.

O pai entrega ao filho uma segunda mochila, de tamanho mais modesto mas visivelmente pesada, ao menos para os frágeis ombros de um menino de nove anos, pois quando o pai pede que ele fique de costas e o ajuda a passar os braços pelas alças da mochila, o filho exala profundamente e se curva sob o fardo, antes de descer com cuidado o talude para se juntar à mãe.

O pai por fim tira do porta-malas uma última mochila de tipo militar, cheia de bolsos e tiras, mais volumosa que as duas anteriores, e a carrega fazendo caretas até o tronco de um pinheiro, onde a deposita.

Ele volta para o carro, procura uma rede de camuflagem e uma lanterna, da qual verifica as pilhas. Um imenso feixe de luz corta a penumbra do bosque, revelando um grande número de troncos e o declive súbito do terreno.

O pai fecha as portas da perua, aciona a tranca automática e coloca a lanterna no bolso de trás do jeans. Ele abre a rede de camuflagem, que estende sobre a carroceria da perua, e inspeciona os arredores.

Pisando sobre os brotos amarronzados das samambaias e o espesso composto do qual elas extraem sua subsistência, ele avança alguns passos, limpa alguns galhos secos caídos ao pé das árvores, cobertos de lianas e musgos. Alguns estão podres e se desmancham em suas mãos quando ele os puxa, outros emergem do húmus, revelando suas ramificações como se ele desenraizasse grossas plantas lenhosas.

O pai os arrasta até o carro e os coloca com cuidado sobre a carroceria, atravessados, para dissimular parcialmente sua visão a partir da estrada.

A mãe e o menino o observam de baixo. O pai remexe o solo para tirar duas pedras, que posiciona sob os pneus traseiros do carro e nas quais dá alguns empurrões com os pés. Ele coloca a mochila militar nas costas e volta à estrada, da qual os três contemplam por um instante a forma da perua, que a rede de camuflagem e os galhos ocultam sob as sombras.

O pai funga, limpa o nariz com o dorso da mão direita e diz:

— Vamos.

Ele começa a caminhar, a mãe e o filho o seguem. O menino contempla ao redor a tranquilidade do bosque, onde nada se ouve, nada se move. Ele toma consciência do cheiro da montanha, um aroma intenso de decomposição vegetal, cascas de árvores, polísporos e musgos encharcados de água, de coisas invertebradas rastejando em segredo sob velhos cepos e de rochas esfaceladas no leito dos córregos.

O menino inspira esse aroma a cada passo, fica aturdido, inebriado, e precisa fazer um esforço considerável para se concentrar na cadência do pai, cujas solas pisam sem piedade a terra pedregosa, para não perder o ritmo da caminhada apesar da vertigem que o invade.

O caminho vira para leste pela vertente escura da montanha e uma abertura na mata revela à esquerda o horizonte rasgado pela aurora, no qual se destacam as dolomitas calcárias e as encostas que caem a pique até o vale brumoso. A mãe, o pai e o filho viram o rosto para essa aquarela celeste e parecem não conseguir despregar os olhos dela, a tal ponto invadidos pela sensação de imensidão do mundo e, ao mesmo tempo, pela sensação de suas infinitas insignificâncias.

Eles ainda caminham cerca de dois quilômetros, seguindo a estrada à beira da qual os taludes não são ceifados há muito tempo, passando por velhos pomares aureolados de bruma, onde a floresta retomou seus direitos. Os troncos partidos de árvores frutíferas centenárias, colonizados pelo visco, se erguem entre faias e carvalhos pubescentes de galhos desnudos. Alguns desses pomares deviam estar demarcados por muretas de pedra, pois em certos locais sua forma desmoronada se adivinha sob heras e saxífragas.

Também passam pelas ruínas de um vilarejo composto de celeiros vacilantes com paredes escoradas por lianas espessas e ramalhudas cujas raízes adventícias invadiram seus mínimos interstícios. Os telhados vergaram sob seu próprio peso depois que as traves e vigas roídas por fungos e insetos xilófagos desabaram, carregando consigo levas de telhas de ardósia.

As chuvas e os ventos depositaram no coração dessas ruínas aluviões suficientes para que nelas se enraizassem arbustos de sabugueiro e roseira-brava, e mesmo de avelaneiras e robínias. Os troncos abriram passagem por entre os escombros. Eles saem pela cumeeira aberta e estendem seus galhos para cima, de modo que os celeiros do vilarejo e o próprio vilarejo parecem ter sido, em tempos muito remotos, casa de seres fantásticos que deliberadamente erigiram aquelas estruturas para fundi-las à vegetação.

Um milhafre acompanha com seu voo estático a marcha do pai, da mãe e do filho. Erguendo os olhos, eles percebem as rêmiges brancas de suas asas articuladas que seguem harmoniosamente as correntes de ar quente. O pássaro emite um grito estridente e as montanhas lhe devolvem um eco singular.

Quando passam por uma ponte que atravessa o leito de um córrego, o menino se inclina para observar a água que espuma entre as pedras cobertas por um musgo verde resplandecente. Em alguns pontos, em poços de água clara — tão clara que já não existe fronteira entre o fundo escuro e coberto de seixos da correnteza e o ar igualmente cristalino do bosque —, peixes de dorso sarapintado se refugiam na sombra cambiante de grandes herbários de valisnéria.

A mãe, que fecha o cortejo, coloca a mão sobre seu braço para encorajá-lo a avançar e o filho ajusta as alças da mochila nos ombros antes de apressar o passo para alcançar o pai.

Eles logo chegam a uma bifurcação a partir da qual uma trilha escarpada penetra no bosque. O pai deposita a mochila a seus pés, tira de um dos bolsos laterais um cantil metálico, desenrosca a tampa e leva o gargalo aos lábios.

A cada um de seus goles, seu pomo de adão se move sob a epiderme, como se fosse rasgá-la. Ele enxuga a boca e estende o cantil à mãe, que, por sua vez, o pega e bebe.

— Por aqui — ele diz, apontando com o queixo para a trilha.

Sua respiração se condensa no ar.

— Ainda falta muito? — pergunta a mãe.

— Três quilômetros, mais ou menos. A trilha fica mais difícil a partir daqui.

A mãe passa o cantil para o menino, que bate os dentes de frio.

— Você aguenta? — ela pergunta para o filho.

— Claro que sim — responde o pai.

Ele pega o cantil das mãos do menino, fecha a tampa e o coloca no bolso lateral da mochila.

— E então, aguenta?

— Sim — responde o filho.

O pai assente, satisfeito.

— Viu só? — ele diz à mãe.

Ela sorri para o menino. Eles recolocam as mochilas e seguem pela trilha. O dia já nasceu, mas a vertente escura da montanha permanece sombreada e a pupila dos caminhantes se dilata à medida que eles avançam sob o arco despojado das árvores, atravessando um bosque de faias com uma vegetação rasteira salpicada de violetas, cujo perfume inebriante se mistura às emanações do bosque. Os pássaros que se mantêm à distância nos galhos altos se calam quando eles passam.

O filho vê saltitar de árvore em árvore grupos de chapins-palustres. Seus passos surpreendem um gaio ocupado em enfiar provisões de nozes de faia numa toca abandonada por um pequeno mamífero. O pássaro solta um grito agudo e sai voando, revelando o espelho azul metálico de suas asas. Alertados pelo grito do gaio, vários pequenos pássaros saem voando de arbustos de abrunho e corniso, se dispersam pelos ares num feixe acastanhado e se reúnem de novo nos galhos de outros arbustos, como que puxados por uma força magnética.

A trilha avança em zigue-zague pela encosta da montanha. A marcha se torna cansativa, retardada pelo chão de terra úmida onde os sapatos escorregam. Eles precisam ficar atentos para pisar na protuberância das pedras ou no afloramento das raízes. Suas respirações se tornam curtas, embranquecem seus lábios a cada expiração. Eles avançam a um ritmo mais lento, ditado pelo peso das mochilas que machucam os músculos de seus ombros.

Quando o filho tropeça e estende uma mão para se agarrar na mochila do pai, este se detém e volta para ele um olhar severo, intimando-o a ser mais vigilante. Eles afugentam um animal de pelagem alaranjada que poderia ser uma raposa ou uma fuinha, ninguém poderia dizer com certeza, pois o animal pulou na frente deles e desapareceu atrás de uma árvore num segundo, sem nenhum barulho, e depois sumiu na sombra do tronco.

Uma luz pálida penetra horizontalmente no bosque, tece feixes de luz que tocam a casca das árvores. Da camada de húmus se elevam fumarolas que nenhuma brisa vem varrer, formando em alguns pontos estratos brumosos em levitação acima do solo. Enquanto eles retomam a subida da trilha escavada, o filho crava seu olhar nas costas do pai e, seguindo-o de perto, respira pesadamente.

***

Três semanas antes de pegarem a estrada para a montanha, o menino está brincando no pátio quando o homem aparece. Concentrado, chutando uma velha bola de couro rasgada que bate sem força nos tijolos da parede do pátio interno, ele a princípio não o vê.

O homem chegou pela rua dos fundos da casa, parou na frente do portão de metal coberto de ferrugem. Ele tateia os bolsos do jeans em busca de um maço de Marlboro, pega um cigarro, alisa-o entre os dedos para dar forma ao tubo de papel estriado, deixando cair fios de tabaco amarelado da ponta.

Ele leva o filtro aos lábios, inclina a cabeça para o ombro esquerdo e com a mão protege a chama de um isqueiro de plástico translúcido no qual oscila uma ínfima camada de butano. Uma chuva fina começa a cair e a depositar pequenas gotas em seu rosto e em seus cabelos. Um cachorro late, seu latido ecoa no emaranhado de pátios e ruas semelhantes do velho bairro operário.

Ele aspira o cigarro, seus lábios se entreabrem brevemente para uma espessa tragada que ele sorve entre os dentes e retém por um instante no peito. Ele exala uma baforada vaporosa, dissipada pelo vento frio que encana no pátio, vindo da rua, trazendo aromas de sopa, fumaça de escapamento e asfalto viscoso.

Ele fuma observando o menino. Vê a nuca sobre a qual o suor e a chuva colam e encaracolam os cabelos ruivos semilongos.

Adivinha as pernas e os braços finos sob a calça e o casaco esportivo, o corpo frágil. Seria fácil empurrar o portão enferrujado, cujo breve rangido seria mascarado pela batida repetida da bola contra a parede, dar alguns passos no concreto do pátio, aberto por grandes rachaduras de onde brotam gramíneas trazidas pelo vento ou caídas do bico de um pássaro — seria fácil enlaçar com um braço o tronco do menino, levantá-lo do chão, talvez amordaçá-lo com uma mão atravessada em seu rosto e levá-lo. Na rua, o homem voltaria ao carro deixado no estacionamento atrás do mercadinho provavelmente deserto naquela hora da tarde. Ele abriria o porta-malas e nele colocaria o corpo do menino, que se debateria mas que ele dominaria sem dificuldade, segurando com firmeza um punho ou um tornozelo para fechar o porta-malas.

O homem se contenta em fumar, esperando o menino chutar a bola até se aborrecer ou cansar, ou até que um arrepio erice sua nuca e o advirta de sua presença.

O menino se vira, se imobiliza como uma pequena presa surpreendida pelo voo de uma ave de rapina. A bola que ele acaba de colocar embaixo do braço, entre o cotovelo e o quadril, escapa e cai no chão como um odre vazio.

— Oi — diz o homem.

O menino olha por cima do ombro na direção da casa, uma casinha operária construída nos anos 50, absolutamente idêntica às casas adjacentes, compondo um bloco de uma dezena de residências cinzentas, de aparência vetusta, cada uma prolongada por um pátio igual àquele em que o menino jogava bola há um instante.

— Chegue um pouco mais perto, quero ver você.

O menino obedece, mas se detém a uma distância respeitável: se o homem de repente estendesse o braço em sua direção, não conseguiria tocá-lo com a ponta dos dedos.

O homem é alto, magro, usa um jeans largo demais, com manchas de óleo automotivo, uma camisa xadrez vermelha abotoada sobre uma camiseta branca de algodão e um velho casaco de couro surrado. Ainda é jovem, embora tenha a barba e a cabeleira castanhas salpicadas de fios brancos que cintilam conforme a inclinação de seu rosto. Deve ter saído há pouco do cabeleireiro, pois o menino vê toquinhos de cabelo em seu pescoço e na área descoberta de seus trapézios.

O homem pergunta ao menino se ele o reconhece e o menino assente timidamente. Para mostrar sua satisfação, por sua vez o homem balança a cabeça. Ele estende a mão para o portão de metal, empurra o batente e entra no pátio.

Ele chega à frente do menino, e o menino ergue o rosto para contemplar o do homem, que emana um cheiro de tabaco, couro úmido e colônia barata. O homem ergue as mãos, que leva aos ombros do menino.

— Não vai abraçar seu pai?

Ele olha fundo nos olhos do filho e o puxa para si. Coloca uma das mãos em sua nuca, pressiona seu rosto contra o tecido da camisa xadrez e da camiseta de algodão, através das quais o menino sente o peito musculoso e o abdome duro e reto do pai, que o abraça tão forte que o deixa sem ar.

Os olhos do pai ficam marejados e o músculo de sua bochecha direita treme. Ele balança de novo a cabeça, como se tentasse capturar toda a dimensão daquele momento, apreender alguma coisa de seus corpos imóveis, um na frente do outro, sob a luz mortiça.

Mais tarde, sentado à mesa da cozinha, com o antebraço direito sobre a toalha de tecido engomado, ele tamborila a ponta dos dedos na garrafa de cerveja que acaba de pegar da geladeira e abrir com os dentes. Olha ao redor, para a cozinha integrada à pequena sala de estar, para a bancada organizada, com dois pratos de cerâmica branca de bordas recortadas num escorredor de metal.

O filho se mantém no marco da porta. O pai aponta para a cadeira à sua frente, em cujo encosto deixou o casaco de couro. O menino se aproxima e se senta. O homem leva a garrafa aos lábios, se limpa com o dorso da mão. Sem tirar os olhos do menino, sem pestanejar, começa a falar em voz baixa, como se cumprisse uma formalidade.

Ele pede ao filho que o escute com atenção. Diz que sabe que o menino provavelmente se tornou o homem da casa em sua ausência, que seis anos sem a presença de um pai ao lado não é pouco, mas que agora ele voltou, que pretende ficar para sempre e que nada o separará da mãe, que talvez ainda o ame, que sem nenhuma dúvida ainda o ama, ou que ele conseguirá reconquistar caso todos os anos passados sem ele a tenham afastado, e que o menino precisará se acostumar.

Ele pergunta ao filho se entendeu o que ele tinha a dizer. O filho assente e o pai se acomoda em seu assento, satisfeito. Pega o maço de Marlboro, puxa um cigarro, que faz girar entre o indicador e o dedo médio da mão direita. Bate o filtro na unha estriada e curta do polegar esquerdo, acende o cigarro e dá algumas tragadas obstinadas. A brasa que se atiça consome o tabaco e o papel com um sibilo de fogo de mato.

— Você está muito calado. Perdeu a língua?

— Não — responde o filho.

— Que bom. Está com que idade?

— Nove anos.

— Isso. Nove anos, já. Caramba, como o tempo passa rápido.

O pai dá outra tragada e deixa o cigarro cair no fundo da garrafa de cerveja vazia. A bituca crepita de leve. Uma fumarola escapa pelo gargalo, onde ainda reluz a saliva depositada pelos lábios do pai, e se eleva acima de suas cabeças.

— Senti sua falta, sabe, rapazinho — ele diz numa voz apertada, que limpa tossindo no punho.

O filho continua atônito e o pai acrescenta:

— Estou morrendo de fome.

Ele se levanta, volta a abrir a geladeira, tira um prato onde uma carcaça de frango semidesossado repousa sobre uma camada de gordura endurecida, lisa e escura, com temperos e pedaços de carne branca cristalizados.

Coloca o prato perto da pia, pega a carcaça com as mãos, rasga a pele amarelada, enfia os dedos na articulação da sobrecoxa restante, abre caminho pelo músculo até a junta do fêmur, que arranca com facilidade do osso da pélvis, depois uma torção da tíbia separa a coxa e desnuda a cartilagem branca que solta um suco rosado.

O pai se encosta na bancada, leva a coxa aos lábios arreganhados sobre pequenos dentes irregulares, acinzentados pelo fumo, um incisivo quebrado no canto interno. Ele puxa os filamentos da carne com um movimento lateral da mandíbula. Seus dedos e a comissura de seus lábios ficam luzidios de gordura, um pouco de suco escorre pela borda de sua mão esquerda, de seu punho e de seu antebraço, sem que ele perceba ou se incomode.

Ele engole, se concentra em roer o osso, romper os tendões, soltar as cartilagens que estalam sob a pressão de seus molares, mastiga a extremidade da pequena tíbia para extrair a medula, inspeciona o que resta da coxa na polpa gordurosa dos dedos. Por fim, se vira para a bancada e deixa o osso cair no prato, perto da carcaça.

Ele leva os dedos aos lábios, um por um, e os lambe conscienciosamente. Nota o suco escorrendo pelo antebraço e o lambe uma última vez.

— Onde está sua mãe? — ele pergunta.

— No trabalho — responde o menino.

— Que horas ela volta?

O filho dá de ombros.

— Depende.

— Ela vai levar um susto.

E, vendo que o filho não responde:

— Estou exausto. Vou dormir um pouco para esperar. Me acorde quando ela chegar.

Ele inclina a cabeça para a esquerda e para a direita, fazendo um estalo surdo com as cervicais, leva um punho fechado à boca e boceja antes de sair da cozinha.

O menino apura os ouvidos ao som dos passos do pai, que sobe as escadas, coloca todo o peso do corpo sobre os degraus e desliza a mão pelo velho corrimão. Com os olhos fixos no teto, o filho o ouve percorrer o corredor estreito, entrar no quarto da mãe acima da cozinha. Ele escuta o som abafado de seu corpo desabando sobre o colchão. Depois, mais nada. O menino permanece imóvel. As mãos estão úmidas e seu coração bate rapidamente sob as costelas.

No ano passado, ele viu no descampado perto do campo de futebol, numa trepadeira sem folhas sobre um arbusto espinhoso, uma borboleta se debatendo para se libertar de sua crisálida. Sob as asas ainda atrofiadas, o abdome viscoso era percorrido por espasmos enquanto o inseto tentava se extirpar do frágil envoltório.

Seu coração não poderia rasgar seu peito e irromper na calma luminosa da cozinha, deixando para trás seu corpo inútil e abandonado?

O chiado da geladeira e o murmúrio distante da cidade preenchem sozinhos a peça banhada pela luz filtrada das cortinas, que caem do varão de metal da janela acima da pia com seu algodão amarelado pela gordura do cozimento e pelos cigarros que a mãe costuma fumar sob a coifa de exaustão, esmagando indiferentemente suas bitucas semiconsumidas num cinzeiro — a concha de uma das vieiras ao molho branco que ela compra congeladas e gratina no forno — ou direto na cuba de inox da pia.

Se o ponteiro dos segundos não continuasse sua corrida no quadrante circular do relógio de parede, se uma mosca não se dedicasse a alguma minúscula exploração da mesa brilhosa, o menino teria a impressão de que a luz do fim de tarde é da espessura do âmbar e de que o tempo definitivamente parou.

***

A trilha aqui se torna mais profunda, escavada, a berma na altura do ombro do menino revela em corte o inextricável entrelaçamento de terra ocre, rochas calcárias e raízes crescendo às cegas no espaço ao redor do caminho.

Musgos e samambaias aproveitaram as formas nuas para ali se prender e pássaros para fazer seus ninhos. O filho vê as cavidades em que eles se instalaram, protegidos por algumas dessas raízes às quais penduraram frágeis arquiteturas de galhinhos, penugens macias, esfagnos habilmente dispostos, consolidados por uma argamassa regurgitada e modelada. Às vezes algo farfalha, bicos ainda macios se abrem e revelam gargantas enérgicas, frágeis trilos se elevam, reclamando comida.

O declive se torna abrupto, o solo traiçoeiro; eles avançam a passos lentos. Uma pequena fonte deve jorrar no alto da trilha escavada; a água escorre, forma um canal em seu centro, ravinas tortuosas desenhadas pelas chuvas desnudam a parte plana de rochas silicosas sobre as quais as solas de seus sapatos derrapam.

Eles se apoiam em galhos cheios de seiva arrancados pelo pai de um tronco jovem de amieiro, com as extremidades grosseiramente talhadas por ele com a lâmina de uma faca de bolso. Eles introduzem as pontas dos galhos nas anfractuosidades da pedra. As alças das mochilas ferem seus ombros, o peso dos fardos machuca suas costas, trava os músculos de suas pernas.

Pequenas pausas na subida são necessárias para recuperar o fôlego, dissipar as câimbras, enxugar o suor que brota em suas testas, escorre pela nuca.

Eles passam pela fonte cuja presença suspeitavam. Ela brota preguiçosamente perto de um tronco desenraizado. A árvore, ao cair, arrancou do solo um bloco de terra agora erguido, hostil e preto, todo eriçado de pequenas raízes, abrindo no chão uma garganta que a água clara da fonte inunda, uma piscina sobre a qual o pai se inclina para encher o cantil. Eles bebem a água gelada que contrai a garganta, espalha na boca um sabor mineral.

O pai diz que a água vem lá do alto mas não aponta para nenhuma direção. O menino ergue os olhos e não distingue nada além da copa de uma árvore resinosa de tronco escamoso, ocultando o céu. Eles ficam um momento junto à fonte, que transborda da piscina de água clara e escorre entre seus pés.

O pai indica com a ponta de seu bastão de caminhada pegadas na terra úmida, vasculha os bolsos em busca do maço de Marlboro. Com o olhar sempre fixo nas pegadas, ele coloca o filtro de um cigarro entre os incisivos.

— Uma raposa — ele diz. — Deve ter vindo matar a sede. Tive uma quando vivi em Les Roches com o velho. Ela era mais mansa que um cachorro.

— Como ela se chamava? — pergunta o filho.

O pai demora a responder.

— Acho que não tinha nome.

— Ela foi sua por muito tempo?

— Alguns meses. Um ou dois anos, talvez.

— O que aconteceu com ela?

O pai dá uma tragada no cigarro e parece vasculhar a memória.

— Não lembro — ele responde, atirando a bituca no chão.

Então, depois de um novo silêncio:

— Vamos continuar.

A mãe tinha colocado a mochila no chão e quase perde o equilíbrio quando tenta levantá-la. O pai a agarra pelo antebraço e a sustenta para que não caia.

— Não foi nada — ela diz.

— Deixe que eu levo.

— Estou bem, posso levar.

Durante um instante que ao filho parece estranhamente longo, o pai mantém o punho fechado e a mãe acaba se soltando com uma torção do braço.

— Estou bem — ela repete em voz baixa, lançando um olhar rápido ao menino.

O homem pega a mochila, passa a alça direita por cima do ombro esquerdo e se afasta sem uma palavra, com sua própria mochila nas costas e a da mãe sobre o peito.

A mãe assente para indicar ao filho que eles precisam segui-lo. Enquanto o menino acompanha novamente os passos do pai, ela se demora perto da fonte e olha para trás, procurando talvez avaliar a distância percorrida. O declive da trilha rapidamente se furta ao olhar, engolido pela vegetação como se a floresta tivesse se fechado atrás deles. Então, voltando a enfiar a ponta de seu bastão de caminhada no chão, ela aperta o passo para alcançar o filho e o pai.

Uma brecha se abre na floresta para campinas escalonadas em terraços aluviais, contidos por contrafortes de xisto arenoso. O ar é puro e fresco aqui, embora não sopre nenhum vento e um nevoeiro denso recubra as extensões herbáceas, movendo-se lentamente até se derramar no vale. Uma chuvinha fria se deposita no rosto dos caminhantes enquanto eles seguem a trilha apagada, talvez traçada por antigos rebanhos, e avançam entre os tufos de joio amarelo. A mãe e o filho observam essas landes fantasmáticas que parecem flutuar no vácuo entre terra e céu, com o nevoeiro apagando qualquer perspectiva.

O menino tem a impressão de que eles estão dentro de uma dessas nuvens que abraçam os picos e se estiram com languidez, depois, levando sua atenção para o pai, ele o vê caminhar com amplas passadas, desaparecer pouco a pouco, esfumaçado, subtraído da realidade do mundo.

O filho diminui levemente o passo até não distinguir mais que uma silhueta informe, uma sombra no nevoeiro, pensando que o pai poderia de fato se volatilizar e que só sobrariam a mãe e ele, o menino, para percorrer sozinhos aquelas terras nebulosas.

Mas um brilho começa subitamente a surgir à frente deles, raios de luz atravessam a bruma, tocam o solo e formam na grama grandes poças de luz. O nevoeiro inteiro é dissipado num instante, revelando um céu incandescente que os obriga a desviar o olhar, e quando seus olhos se erguem de novo é para contemplar novas extensões verdejantes, salpicadas de fura-neves.

A oeste, as campinas desaparecem, dão lugar a margas riscadas de ravinas sobre as quais pés de gramíneas e arbustos queimados criaram raízes em alguns pontos, depois novas extensões florestais penetram num vale sombrio. Para além do vale, para além de outros montes e outros desfiladeiros, se elevam cumes em que cintilam picos prodigiosos. Os jovens brotos de cebola selvagem e a terra fria que eles pisam perfumam o ar.

O pai se detém, alcançado pela mãe e pelo filho.

Ele diz:

— É aqui.

Contemplam a paisagem em silêncio.

O menino a princípio não vê o telhado de ardósias escuras, dissimuladas sob o sol entre os blocos de migmatito e se pergunta a que seu pai se refere. Enquanto eles avançam pelo declive do vale, surge o muro cego de um edifício encostado ao terreno, construído em blocos de arenito encaixados, um desses celeiros ou currais de formas severas, avistados mais cedo. Eles descem o caminho, uma encosta margeada de urtigas. Os talos germinados no verão passado estão secos e agora são de um branco de giz.

Alcançam uma parte plana do terreno, estabilizada por placas de xisto de tamanho variável e por lascas de ardósia provenientes provavelmente de antigos telhados, pois perto do corpo principal do edifício se encontram dependências ou outros celeiros e currais de tamanho mais modesto. Restam apenas os muros caídos, uma confusão de traves, vigas quebradas, tábuas apodrecidas. Esses escombros também formaram ali um terreno fértil para heras e trepadeiras espinhosas que surgem de grandes portões.

O pai e o filho soltam as mochilas.

O homem se espreguiça, gira os músculos dos ombros e estala o pescoço.

— É aqui — ele repete. — Chegamos. Estamos em Les Roches.

Um sorriso revela o brilho faltante de seu incisivo quando ele se posiciona às costas do filho, agarra seus braços e o estreita rapidamente contra seu ventre.

A mãe e o filho olham para a parede inclinada de pedra clara, a porta de batente arqueado fechada por um tapume de tábuas mal ajustadas, as duas janelas com marcos de madeira cinza, cada uma bloqueada por três barras de metal, depois, na altura do suposto primeiro andar, uma abertura para feno descentralizada pela inclinação do edifício, os batentes com dobradiças fora de eixo.

Uma grande lona preta cobre parte do telhado de duas águas disposto em placas decrescentes, as ardósias mais largas na parte de baixo do telhado, as menores no topo. Junto ao edifício há um anexo, por sua vez prolongado por um antigo curral de porcos dissimulado pelas urtigas.

A mãe caminha na direção da construção, olha para a lastimável fachada, a lona em parte levantada pela água-furtada do telhado. Ela se vira e contempla a vista, sacudindo lentamente a cabeça. Ela passa as duas mãos pelos cabelos, demora os dedos cruzados na nuca, como faz quando o filho a irrita ou alguma coisa a contraria.

O sorriso do pai se torce numa careta breve.

Ele se agacha para vasculhar os bolsos laterais da mochila, puxa um estojo com antigas chaves de ferro forjado e pequenas chaves de aço branco que começa a passar em revista com gestos impacientes, dissimulando o tremor de suas mãos.

Apressa-se a utilizar uma das antigas chaves de metal enferrujado para destrancar o tapume de pranchas mal ajustadas que range nas dobradiças, prestes a cair em pedaços, depois abre a porta principal com a ajuda de uma das pequenas chaves cintilantes e penetra na penumbra do edifício.

O menino olha para a mãe, à espera de um sinal, mas ela não presta atenção nele; seu olhar segue abarcando o horizonte, as cristas desoladas, a copa das árvores, desnudadas à contraluz.

O filho vai ao encontro do pai e entra atrás dele no espaço sombrio e frio de uma peça única, com o chão recoberto por uma camada de cimento, mobiliada apenas com uma mesa, dois bancos de madeira de carvalho, um sofá e uma poltrona de assento gasto, revestidos de veludo escuro, um guarda-louça e uma lareira.

Num canto da peça, perto de um fogão esmaltado, uma antiga tina faz as vezes de pia, alimentada por um recipiente de plástico translúcido colocado num nicho da parede. No fundo à direita, uma escada de madeira bastante íngreme leva ao andar.

O pai empurra os batentes das venezianas e a luz do dia revela paredes de pedra recobertas por uma argamassa de cal. Duas escoras metálicas espaçadas por alguns metros suportam uma viga mestra.

A peça cheira a argila úmida, cimento, cinzas e tecido mofado. O pai caminha até a escada, chega ao piso superior e destranca o quebra-vento da abertura para fardos de feno. Raios de luz surgem no térreo por entre as lâminas levantadas do assoalho e tocam o chão de cimento. Pó de madeira cai das traves à medida que ele avança, primeiro numa chuva densa, depois em finas partículas que formam lentas circunvoluções nos fachos de luz, cujo brilho captura por um momento a atenção do filho.

O pai desce a escada com prudência.

— Tomem cuidado. É fácil quebrar a cara aqui.

O filho assente.

— Vá olhar lá em cima. Seu quarto fica no fundo.

O pai está no meio da peça, à frente da escada, e o menino não ousa se mexer; os dois ficam um instante plantados ali, se encaram como se um esperasse que o outro desistisse. O homem de rosto cortado por um raio de luz exala lentamente, por despeito ou incompreensão, e caminha na direção da porta.

O filho lança um olhar por cima do ombro e vê o pai sair. Ele avança na direção da escada, coloca o pé no primeiro degrau, as mãos nos degraus superiores, estica a cabeça para espiar o outro andar.

A casa é silenciosa, hostil e fria. Um arrepio percorre a espinha do garoto quando um vento fresco encana pela porta escancarada e varre a peça, arrastando pelotas de pó que rolam preguiçosamente pelo piso.

Ele alcança o andar de cima, composto por um patamar que leva a três quartos de tamanho igual, separados por paredes de gesso. Montantes e canaletas de metal foram fixados às traves de madeira, pedaços de lã de vidro foram presos a eles e deixados aparentes, ainda que um levantador de placas de gesso esteja num canto do primeiro quarto.

Um colchão recoberto por um plástico transparente e preso com fita adesiva está colocado sobre um estrado sem pés deixado diretamente sobre o chão, banhado pelo sol forte da abertura para fardos de feno.

Um cinzeiro transborda de bitucas sobre as tábuas do assoalho, perto de uma pequena lanterna a pilhas. A peça contém como únicos móveis um armário de madeira escura e um desses grandes baús de metal utilizados antigamente para transportar mercadorias no porão de transatlânticos ou de aviões de longo curso, pintado de um verde escuro cheio de buracos que deixam transparecer o metal manchado de ferrugem.

Sobre o baú há um guia de plantas selvagens comestíveis e tóxicas, uma obra dedicada à fauna regional, um guia de astronomia e um guia de sobrevivência na montanha. Os livros parecem ter sido lidos muitas e muitas vezes; as lombadas têm a marca de várias dobras, as páginas têm os cantos dobrados e desdobrados.

O menino entra no quarto. Acima dele, tecida entre duas vigas, tremula uma grande teia de aranha, densa e toda empoeirada, abandonada há muito tempo.

As vozes do pai e da mãe chegam ao filho mas se mantêm indistintas. Ele caminha até a abertura, de onde contempla o terreno abaixo, o lento, austero e hipnótico balanço dos larícios e dos grandes pinheiros na orla do bosque.

Ele vê a mãe e o pai, um de frente para o outro.

A mãe segura o próprio braço com uma mão e o quadril com o outro, numa atitude de absoluto desafio. Ela sacode a cabeça enquanto o pai fala, como se ela se recusasse a ouvir o que ele tem a dizer ou negasse suas palavras, e o pai, ao contrário, assente para convencê-la ou fazê-la voltar à razão.

Ele fala com gestos vivos, aponta ora para a casa, ora para a campina, para os picos erguidos atrás deles no céu impávido, e quando se vira na direção do menino, o filho reprime um arrepio. O sangue reflui de suas mãos, seus dedos começam a formigar; pode ser que o pai o tenha visto no marco da janela e pense que ele os observa, inclusive que os espia, que tenta apreender o sentidos das palavras que o vento leva aos pedaços até ele.

Com o coração disparado, o menino hesita em recuar à sombra do quarto e precisa fazer força para não se mexer. Sem dúvida é tarde demais, sem dúvida o pai o viu, e fugindo ele lhe daria a prova indiscutível de sua indiscrição e inclusive de sua culpa.

Mas o pai — seja porque não viu o menino, seja porque não se importa com sua presença e não se preocupa de ser ouvido — desvia o olhar, coloca por sua vez uma mão no braço da mãe com um gesto de apaziguamento, e aliás a mãe já não balança inexoravelmente a cabeça, finalmente presta atenção ao que o homem lhe diz, ainda que seu rosto continue fechado, hostil a suas palavras.

O menino se vira e volta ao patamar.

À sua frente, mais duas peças. A primeira é estreita, sob o teto inclinado, transformada em banheiro. Uma velha banheira em esmalte rosa está encostada na parede. Contígua a ela, uma pia com a cuba rachada, feita no mesmo esmalte rosa, com uma inútil torneira de inox, pois nem a pia nem a ducha estão ligadas a um sistema de distribuição de água corrente, apenas a um cano de escoamento em polímero cinza que corre no chão e desaparece num buraco aberto na parede, guarnecido com lã de vidro. Um espelho grosseiro, com moldura de madeira branca, está suspenso acima da pia num parafuso de cabeça chata cravado na argamassa entre duas pedras.

A outra peça faz as vezes de segundo quarto, como indica o pequeno colchão também protegido por uma capa de plástico, colocado sobre um estrado de madeira bruta entre um amontoado de lonas, baldes, ferramentas e sacos de gesso.

O garoto se senta na beira da cama, passa a mão pelo plástico frio que recobre o colchão. Um pouco de umidade se condensa sob o filme translúcido e pequenas manchas de mofo se alastram pelo tecido. O quarto cheira a gesso úmido, tabaco frio e alguma coisa indefinível que emana do telhado aquecido pelo sol ou do assoalho de madeira.

O menino olha para o quarto: nada lhe permite conceber que o pai tenha um dia podido viver entre aquelas paredes, na companhia de seu próprio genitor. Ele se deita de costas e agora descansa dentro de um bloco de luz que vem de uma lucarna. Atrás do vidro ele contempla um pedaço de céu denso, e à medida que o calor do teto inclinado irradia, impregnando seu corpo cansado, mergulhando-o num torpor enfeitiçante, ele tem a impressão de que o céu quebra sobre ele como uma onda.

***

O menino se levanta da cadeira, estica os músculos entorpecidos pela imobilidade, se aproxima da bancada e olha para o prato abandonado, os ossos roídos pelas mandíbulas implacáveis do pai. Ele abre a porta do armário da lixeira, que desliza sobre seu trilho, e inclina acima dela o prato, batendo-o de leve contra a borda de plástico até que os blocos de gordura gelificada e o resto da carcaça de frango se soltem.

Ele coloca o prato no fundo da pia, deixa a cozinha e segue pelo hall de entrada, de onde perscruta por um momento o silêncio do primeiro andar. Depois sobe a escada com extrema prudência, pisando no ponto dos degraus que sabe ser mais confiável, a fim de não ser traído por um rangido.

O corredor está mergulhado na penumbra, no cheiro empoeirado e reconfortante dos carpetes, das camas desfeitas, dos caixilhos e do cobre dos velhos encanamentos do banheiro.

O menino caminha na ponta dos pés, com a mão na parede para garantir seu equilíbrio. Ele sente sob a polpa dos dedos da mão o relevo acolchoado dos motivos florais da tapeçaria que recobre as paredes de todas as peças do primeiro andar. No segredo de seu quarto, quando não consegue conciliar o sono, gosta de enfiar a unha nesses relevos do papel de parede. Deitado de lado, virado para a parede, grava pequenas marcas curvilíneas, ínfimas luas crescentes conhecidas somente por ele, sobre a rosácea infinitamente repetida das flores e o complexo entrelaçamento de caules e talos.

A mãe nunca se decidiu a substituir a tapeçaria, ainda que tenha planejado fazê-lo. Ao se instalar na casa, jurou renová-la de alto a baixo, pois no fim das contas se tratava de uma simples demão de tinta, um pouco de decoração e reorganização. Mas nunca fez nada, por falta de tempo ou dinheiro, ou mais provavelmente porque não se importa de viver naquela casa de decoração vetusta, quase anacrônica.

Ela tampouco procurou substituir os móveis deixados pelos antigos proprietários, os quadros representando obscuras reproduções de gravuras pitorescas que, retiradas de seu sempiterno lugar, inclinadas em seus pregos, revelam uma versão anterior do papel de parede, com contrastes mais acentuados, cores mais vivas, ressuscitando uma época longínqua, a casa lembrando ao menino que ele e a mãe estão apenas de passagem por suas paredes.

Um feixe de luz oblíqua se estende pelo falso parquê a partir do quarto da mãe. O menino avista o pé da cama pela porta entreaberta, a coberta amassada caída no chão e os sapatos abandonados pelo pai, duas botinas de couro gasto, semelhantes a calçados de construção civil ou a rudimentares botas de montanha, cobertas de restos de lama seca que caíram sobre o carpete bege porque o pai usou a sola de uma para tirar a outra.

Ele também vê os pés do pai saindo para fora do colchão, com meias esportivas originalmente brancas mas agora pretas de sujeira, cuja parte superior desaparece sob o tecido do jeans manchado de óleo automotivo.

O reflexo do espelho do guarda-roupa entreaberto na frente da porta revela ao olhar do garoto o corpo do pai deitado em cima da colcha, sem a camisa xadrez, embolada sobre o colchão, as mãos com os dedos entrecruzados sobre o ventre, a parte de baixo da camiseta revelando um triângulo de pele branca, a saliência perceptível do osso da bacia e o flanco magro que sobe e desce ao ritmo de sua respiração.

Mas o espelho do guarda-roupa limita a visão furtiva do pai a uma linha que vai de seu cotovelo direito à sua clavícula esquerda, corta o colchão e uma parte da mesa de cabeceira onde há um romance de banca de revista em cuja capa um casal se enlaça diante de um mar revolto.

O homem segura a mulher pelos ombros e a mulher atira a cabeça para trás como se desmaiasse ou fraquejasse ou as duas coisas ao mesmo tempo, ele muito mais alto que ela, a pele bronzeada, o rosto coroado por cabelos pretos, ondulados, ela loira de olhos azuis, a palma da mão pousada no alto de seu peito e os lábios entreabertos sobre uma fileira de dentes muito brancos.

Essa imagem e esse casal são incansavelmente repetidos, com ínfimas variações — ora um pôr do sol ou um hotel luxuoso substituindo o mar em segundo plano, ora a mulher é morena e o homem é loiro —, nas capas das dezenas de livros similares que a mãe guarda nas caixas de mudança que ela não se dá ao trabalho de desembalar ou que espalha pela casa, passando de um livro a outro indistintamente, dependendo do lugar em que estiver.

Ela seria incapaz de diferenciar os personagens e as intrigas desses romances, aliás; todos contam, com as mesmas ínfimas variações de suas capas, histórias de mulheres solitárias que conhecem um empresário celibatário e romântico com quem vivem uma paixão duradoura, tanto que ela tem a impressão de ler uma única e mesma história constantemente renovada, uma longa e reconfortante leitura na qual basta se deixar mergulhar, como os banhos quentes e espumosos que toma à noite, depois que o filho dormiu, para acalmar as enxaquecas que a fulminam com frequência, e nos quais ela acaba adormecendo, com uma latinha de cerveja e um blister de analgésicos na borda da banheira, perto de um de seus romances e do cinzeiro onde um último cigarro se consome como um bastão de incenso.

O filho sente o coração batendo no fundo da garganta ao pegar a maçaneta e empurrar a porta lentamente. Ele pisa no carpete que recobre um velho parquê de tacos traiçoeiros. Cerra as mandíbulas, leva o peso do corpo para a perna direita e entra no quarto.

Ele contempla o corpo do pai estendido num losango de luz pálida. Atrás da sombra do caixilho sobre o carpete claro, o facho de luz toca o rodapé e se eleva pela parede, iluminando um quadro onde uma mulher semideitada num campo verde dourado se arrasta na direção de uma casa com lambris de madeira clara.

A jovem tem os longos cabelos castanhos negligentemente amarrados na nuca. Ela usa um vestido rosa pastel pregueado, de mangas curtas com bordas franzidas de onde saem dois braços de pele lívida e articulações anormalmente salientes. O vestido é acinturado pelo que parece ser uma corrente de metal e a jovem também usa sapatos sem salto de couro cinza e meias brancas.

Ela arrasta as pernas dobradas para a esquerda como dois pesos mortos — sem dúvida já avançou alguns metros penosamente, pois a grama amarelada está amassada atrás dela — e, apoiada num braço cujo cotovelo aparenta formar uma protuberância nodosa, parece agarrar com a mão esquerda um punhado de grama a fim de se puxar na direção da casa situada no topo da colina. Mas suas mãos de dedos disformes estão fechadas sobre suas palmas, como duas garras cinzentas.

Diante dela se estende uma vegetação acariciada pelo vento, provavelmente gramíneas secas pelo sol de verão — o céu acima da colina e da casa é de um azul límpido. Uma revoada de pássaros passa atrás de um celeiro, alguns aparecem muito pequenos sobre o céu branco, outros passam a linha do telhado. Um deles plana sobre a colina, suas asas abertas lembram as pequenas aves de rapina solitárias que sobrevoam as plantações à espreita de uma presa, ou um corvo prestes a pousar na grama.

Essa coisa para qual se volta todo o corpo da jovem de vestido rosa e mãos pedregosas é a casa que se ergue no topo da colina, à direita do quadro; uma fazenda de aparência colonial, mas rudimentar, com dois andares e vista de lado. A casa e o campo inteiro parecem abandonados, a jovem de vestido pálido e sapatos de couro cinza parece condenada a se arrastar indefinidamente rumo a essa casa fantasmagórica que seguirá se afastando à medida que ela percorrer a suave inclinação da colina, rasgando o tecido de seu vestido e de suas meias, arranhando a pele de suas pernas inertes enquanto o campo continuará se estirando e se distorcendo.

A mãe encontrou essa reprodução de *O mundo de Christina*, de Andrew Wyeth, numa revista folheada ao acaso na sala de espera de um consultório médico. O filho se lembra de a ver lançar um olhar ao redor e colocar a revista na bolsa com fingida indiferença.

Mais tarde, ela recortou a reprodução com cuidado, em cima da mesa da cozinha, com ajuda de uma régua e de um estilete, antes de encher a parte de trás de cola, colocá-la sobre um pedaço de cartolina e emoldurá-la num sanduíche de vidro com pinças metálicas comprado numa loja de decoração, por um preço baixo.

Depois de amarrar atrás da moldura um pedaço de barbante de cozinha, ela passou de peça em peça com um pequeno martelo na mão e um cigarro no canto dos lábios, estudando cada uma das paredes e às vezes colocando o quadro à sua frente para encontrar o melhor lugar. Escolheu uma das paredes de seu quarto, coberta pela antiga tapeçaria de motivos florais, que descola em alguns pontos sobre o gesso amarelado.

Ela martelou um prego de aço no qual suspendeu o sanduíche de vidro, equilibrou-o e recuou alguns passos para contemplar o quadro. Deslizou o polegar pela comissura dos lábios para dar batidinhas com a unha em seu canino inferior.

— Ficou bem aqui, não? — perguntou, virando brevemente a cabeça na direção do filho, sentado na cama.

O menino se manteve em silêncio e a mãe seguiu estudando o quadro, fumando um Peter Stuyvesant extralight, com a mão esquerda sob a axila direita.

— Sim — ela acrescentou em voz baixa —, ficou realmente bom aqui.

Ela saiu do quarto, deixou o filho sozinho diante do quadro que agora repousa na luz acinzentada do fim de tarde, que destaca o papel enrugado da reprodução e a fina camada de poeira depositada sobre o vidro. E enquanto contempla o pai adormecido, o menino tem a impressão de que este talvez tenha saído do quadro, pois alguma coisa — uma sensação funesta, um presságio — parece ligar a ameaça indizível que paira sobre o mundo de Christina e o retorno do pai.

***

Quando o filho volta a abrir os olhos, a mãe está sentada a seu lado na beira da cama, com um jogo de lençóis sobre os joelhos. O menino se espreguiça e olha para o quarto, que não reconhece.

— Você pegou no sono — ela diz antes de passar a mão pela testa do menino.

— Onde estamos? — pergunta o filho.

— Em Les Roches, lembra?

O menino balança a cabeça, encosta a bochecha nas coxas da mãe. Ela leva a mão a seu pescoço, o menino se deita de costas e a mão da mãe vai até a altura de seu peito. Ela sente a caixa torácica do garoto se levantar tranquilamente sob sua palma, seu coração bater enquanto ele de novo contempla o retângulo de céu azul visível pela lucarna, atravessado por nuvens pálidas que se estiram e se dissolvem.

— Vamos ficar aqui muito tempo? — ele pergunta.

— Algum tempo, provavelmente.

— E a escola?

— Não se preocupe com a escola. Você estará de volta para o próximo ano escolar.

Eles ficam em silêncio, as respirações em sintonia.

— Você me ajuda a fazer a cama? — pergunta a mãe.

Eles começam a rasgar as tiras de fita adesiva que mantêm a capa protetora em torno do colchão, a retiram e colocam num canto da peça.

Estendem um lençol de algodão azul por cima da cama, levantam e abaixam os braços. O lençol infla e agita uma miríade de partículas de poeira na luz que vem da lucarna.

O pai aparece na entrada do quarto, apoia um ombro no marco da porta.

— Tudo bem? — ele pergunta.

A mãe passa a palma de uma mão sobre o lençol para alisá-lo.

— Sim, tudo bem. Ele descansou um pouco.

O pai assente e os observa mais um instante.

— Venha me dar uma mão — ele diz ao filho. — Ainda temos muito a fazer até o cair da noite.

Ele se vira e desaparece no corredor. O menino questiona a mãe com o olhar.

— Pode ir — ela diz —, eu termino sozinha.

Quando o menino o alcança, o pai o espera à frente da casa, fumando um cigarro no terraço onde cintilam as placas de xisto. O menino atravessa a soleira e aperta os olhos, ofuscado pelo sol que atinge o celeiro em cheio.

— Me siga — diz o pai.

Ele caminha até o anexo contíguo, também construído com blocos de arenito e coberto por um telhado de ardósia. A porta, feita de pranchas trabalhadas na plaina, é fechada por uma antiga tranca bloqueada por um cadeado com código.

O pai inclina o ombro, oculta o cadeado ao menino, gira sob seu polegar as quatros rodas denteadas, o desbloqueia e abre a porta que libera um fedor de óleo automotivo.

O menino entra atrás dele na penumbra do anexo.

Velhos móveis estão guardados ali: um guarda-louça, um armário, cadeiras com o assento de palha rasgado, uma mesa, tudo feito da mesma madeira escura e empoeirada.

O pai avança na direção de um gerador, que põe em marcha. O aparelho começa a trepidar, soltando um forte cheiro de gasolina.

— Ligue atrás de você — diz o pai, que eleva a voz e aponta com o queixo para um ponto atrás do ombro do filho.

O menino se vira, avista um interruptor e o aciona.

Uma lâmpada oculta por espessas teias de tegenárias derrama uma luz amarela nos fundos do anexo, onde estão armazenados galões de combustível, recipientes de plástico opaco, todo um arsenal de latas de conserva, caixotes cheios de alimentos não perecíveis — o filho distingue pacotes de arroz, macarrão, garrafas de óleo, maços de cigarros —, empilhados quase até o teto.

Vários feixes de lenha foram alinhados ao longo da parede esquerda perto de uma betoneira, um amontoado de sacos de cimento, pás, picaretas, marretas, ferramentas diversas, bacias e baldes, colheres de pedreiro e lonas manchadas de gesso.

O pai se vira para o filho.

— Com isso — ele diz —, acho que nada vai nos faltar.

Ele reúne os recipientes de plástico num carrinho de mão enquanto o filho se aproxima do guarda-louça, abre uma das portas baixas que revela uma pilha de louças desemparceiradas, toalhas ou lençóis roídos de traças colocados sobre pratos quase todos lascados. Ele fecha a porta, vasculha uma das duas gavetas superiores, onde se encontram desordenadamente talheres, parafusos, porcas e pilhas velhas. Mas o que atrai a atenção do garoto é um objeto enrolado num pedaço de tecido manchado de graxa.

Ele está prestes a pegá-lo quando o pai diz:

— Quer saber o que é?

O filho levanta os olhos claros para o homem, que o encara sem parecer esperar nenhuma resposta, sem severidade. Como o menino não diz nada, ele pega o volume e o coloca na palma da mão esquerda, com a direita puxa as tiras de tecido manchado e revela ao filho um revólver com a carcaça opaca e lustrosa, de cano rajado, com uma mira, e a coronha coberta por plaquinhas quadriculadas. Apesar dos eflúvios de gasolina disseminados no anexo pelo gerador, a arma emana um suave cheiro de metal, óleo e pólvora.

— Pegue — diz o pai.

O menino pega a arma cautelosamente e o pai enfia o pedaço de tecido no bolso de trás do jeans.

— Veja.

Ele gira o filho nos calcanhares na direção da porta, se abaixa e passa o braço em torno de seus ombros. Ele envolve as mãos do menino com suas mãos de palmas ásperas, guiando-as para manejar a arma na altura do rosto do filho.

— Está vendo o visor acima do cano? É a chamada massa de mira. Feche o olho esquerdo. Aqui...

Ele solta a mão direita do menino para indicar o visor perto do cão.

— ... aqui fica a alça de mira. É ela que você precisa alinhar com a massa de mira. Tome seu tempo. Conseguiu alinhar?

— Sim — diz o filho, depois de ajustar a arma.

— Agora, olhe para longe, como se seguisse um fio que chegasse até... digamos que até o tronco daquele pequeno pinheiro. Está vendo de qual estou falando?

— Sim.

— Segure bem a coronha. A mão esquerda segura a mão direita. O indicador direito, você coloca primeiro aqui, esticado ao longo do guarda-mato. Arme o cão com o polegar. Pronto. Quando o alvo estiver na mira, aperte o gatilho...

O pai coloca seu indicador e o do filho dentro do guarda-mato.

— Respire lentamente, para não se mover, concentre-se no alvo, e quando estiver muito seguro de si...

Apertando o dedo do filho, ele aciona o gatilho. O cão percute e a arma emite um estalo sonoro que faz o menino sobressaltar.

— Bum — diz o pai.

Ele desbloqueia o ferrolho e tira o tambor, cujas câmaras vazias eles contemplam.

— Tenho cartuchos em algum lugar — ele diz. — Podemos atirar de verdade, se quiser. Vou te ensinar.

— Está bem — responde o filho.

— Veremos isso mais tarde. Por enquanto, precisamos buscar água.

O pai volta a enrolar o revólver no pedaço de tecido, coloca a arma no guarda-louça e fecha a gaveta.

Ele abre caminho por uma trilha coberta de grama. O filho caminha atrás dele com um longo bastão na mão, com o qual corta a cabeça dos cardos amarronzados pelo inverno, e o pai logo começa a assobiar alegremente enquanto a roda do carrinho de mão emite um estalo regular e os recipientes de plástico batem nas paredes da tina.

Depois de seguir pela encosta margeada de urtigas, eles atravessam um campo salpicado de consoldas e borragens. Um perfume de raízes e seiva leitosa se eleva do solo como de um incensário. O sol atinge suas nucas e a lande com uma luz implacável.

As árvores que formam a orla do bosque rumo ao qual eles avançam também são atingidas pela luz direta. Nenhuma brisa sopra a essa hora. Chegando ao pequeno bosque, eles sentem, antes de alcançá-lo, o frescor preservado pela vegetação rasteira coberta de pervincas em botão e heras, cujas folhas têm uma cor de espuma verde-azulada e tomam as árvores de assalto.

Eles caminham entre os pés de prímulas de flores pálidas e de velhos galhos caídos e cobertos de heras que cedem sob seus passos. A copa das árvores cinde a luz, forma feixes luminosos em volta deles. Algumas estão caídas no chão, algumas estão em pé porém esvaziadas de sua seiva, com suas silhuetas severas e cinzentas, outras têm em seus troncos cogumelos casco-de-cavalo encharcados, semelhantes a grandes conchas. Outras parecem à espera de alguma coisa, projetando para o céu seus ramos desnudos. Muitas têm seu lado nordeste ornado por musgos espessos e o filho se detém para colocar a palma da mão sobre um deles. Um calafrio percorre sua espinha quando ele inspira, como se tivesse absorvido pela palma da mão alguma coisa daquela existência vegetal, como se a pequena almofada de musgo lhe tivesse comunicado sua essência e esta tivesse percorrido como um raio os músculos, tendões e fibras nervosas complexas de seu braço para se alojar na base de seu pescoço e dali irradiar.

Eles deixam a sombra do pequeno bosque, mergulham novamente na luz intensa de uma lande desimpedida onde se enraízam, em meio a um caos granítico, arbustos negros e coníferas tortuosas. O terreno sobe num aclive suave na direção dos picos formados de batólitos que parecem brancos sob o sol a pino.

Ao pé de uma grande rocha, brotando de uma anfractuosidade da pedra, uma água tranquila escorre por um leito de seixos e segue serpenteando a inclinação do terreno. O pai se ajoelha, as mãos postas numa superfície plana da pedra, e se inclina para sorver a água da fonte.

— A melhor água do mundo — ele diz. — Experimente.

O filho avança para beber. A água é tão fria que a raiz de seus dentes lateja.

— Então? — pergunta o pai, quando ele se endireita.

O menino assente.

— Há outras fontes, mais próximas da casa — diz o pai, pegando um dos recipientes de plástico, que ele deita no chão, o gargalo colado ao esguicho. — Mas quero que veja uma coisa. Venha por aqui.

Ele contorna a rocha, se agacha, aponta para uma forma espiralada que sai da pedra, de diâmetro equivalente à largura de sua mão.

— O que é isso? — pergunta o filho.

— Um fóssil de amonite. Você sabe o que isso quer dizer?

O garoto sacode a cabeça sem conseguir tirar os olhos do náutilo.

— Quer dizer que tudo o que você está vendo a seu redor esteve um dia embaixo do mar, há muito, muito tempo atrás.

— A água vinha até aqui?

O pai pega o maço de cigarros, sacode seu conteúdo para tirar o último, que leva aos lábios, e esmaga o maço com a mão.

Ele explica que primeiro, muito antes dos homens, muito antes daquelas montanhas, havia outras montanhas ainda mais gigantescas; que durante milhões e milhões de anos elas se desgastaram e acabaram desaparecendo. Ele também diz que o mar, depois que a antiga montanha desapareceu, recobriu tudo, que é preciso imaginar ondas revoltas, abismos insondáveis habitados por criaturas extraordinárias, como atesta o fóssil de amonite.

O pai diz que movimentos tectônicos literalmente levantaram o fundo do mar, erigindo novas montanhas que por sua vez seriam erodidas pelas chuvas e pelas geleiras até formar o maciço sobre o qual o filho e ele se encontram hoje, que, antigamente, sem sombra de dúvida, foi muito mais alto do que eles podem imaginar.

— Então essa montanha também vai desaparecer? — pergunta o menino.

— Com certeza. Está desaparecendo neste exato momento. Mas não conseguimos nos dar conta disso, você e eu. Seria preciso as vidas e a memória de dez mil, cem mil homens colocadas lado a lado para perceber.

O menino aproxima uma mão do fóssil e toca o relevo com a ponta dos dedos.

***

O rosto do homem parece estranhamente juvenil, virado para a janela, iluminado pela mesma luz triste que declina na parede. Um sopro regular escapa de seus lábios entreabertos.

Por bastante tempo, o filho hipnotizado não consegue desviar o olhar. Ele não sabe e não se lembra de quase nada do pai: algumas tênues impressões, sem imagens, reminiscências fragmentárias. E, guardadas numa caixa de sapatos na gaveta de uma cômoda, duas fotografias conservadas pela mãe.

A primeira mostra a mãe com o pai, os dois sentados à sombra de um guarda-sol em cadeiras dobráveis com o encosto de tecido azul-claro e braços de plástico branco. Estão em torno de uma mesa de camping abarrotada de garrafas de cerveja, pratos de papelão com os restos de uma salada de arroz e fatias de melão.

A mãe usa grandes óculos de sol de armação preta na forma de borboleta e veste uma ampla camiseta branca de mangas arregaçadas sobre os ombros bronzeados. Ela também usa um short desfiado, cortado de um velho jeans, e amarrou os cabelos para trás numa simples torção, prendendo os fios com uma caneta ou pedaço de madeira. Com o cotovelo no braço da cadeira, mantém o antebraço erguido, a mão esconde parte de sua boca. Com o rosto caído para trás, ela ri às gargalhadas e suas pernas nuas repousam semidobradas, com os tornozelos cruzados, sobre as coxas do pai.

Ele está vestido com um short de nylon escuro, seu peito desnudo é magro e sem pelos. Inclinado para a frente, a pele de sua barriga forma três vincos na altura do umbigo. Ele tem no alto do bíceps esquerdo uma tatuagem com detalhes indistintos que representa uma serpente enrolada em torno de uma adaga, a lâmina desta dirigida para o cotovelo, a cabeça da serpente descansando no cabo num movimento de rastejo ascendente.

Com a mão esquerda ele segura um dos tornozelos da mãe e passa o braço direito em torno de suas coxas para mantê-la imóvel. Com a boca bem aberta, os lábios arreganhados sobre a mandíbula de dentes fechados, ele finge se preparar para morder a panturrilha da jovem mulher. Ele também ri às gargalhadas, com os olhos voltados para ela.

A segunda fotografia mostra o pai na companhia de outros três homens posando perto de um 4 × 4 de carroceria cinza estacionado num campo lavrado, diante da orla de uma floresta da qual só se distingue, ao fundo, uma vegetação rasteira arbustiva de onde emergem troncos de um marrom luzidio.

A foto parece ter sido tirada no outono ou no inverno: os quatro homens estão banhados por uma luz difusa, usam botas e calças de lona escura, algumas com bolsos nas coxas. Eles também vestem camisas grossas, blusões de gola alta, parcas matelassê e casacos impermeáveis.

Um deles — o homem mais alto à esquerda da imagem —, que ultrapassa os outros em meia cabeça e usa um boné cáqui, levanta o braço esquerdo para colocar o punho no ombro de seu vizinho, um homem muito loiro de olhos claros, com o rosto escondido por uma barba igualmente muito loira.

Com o peito inflado, ele segura entre os dois caninos um cigarro enrolado à mão e a fumaça que volta sobre seu rosto o obriga a esboçar uma careta e fechar o olho direito. Ele passa um braço pelas costas do homem de boné cáqui, o outro em torno dos ombros do pai, que está no centro da imagem. O pai segura o punho do homem na altura do peito e olha para a objetiva, com o queixo levantado, inclina o rosto com ares de vaidade ou satisfação, um sorriso nos lábios.

À esquerda do pai se encontra um último homem de cabeça raspada, vestido com uma camisa xadrez vermelha e verde, as mangas arregaçadas nos antebraços tatuados. Ele segura entre o polegar e o indicador da mão direita um cigarro, também enrolado à mão, que leva aos lábios e deve estar aspirando, pois suas bochechas escurecidas por uma barba nascente estão encovadas enquanto ele também fixa a objetiva. Ele segura na mão esquerda a coronha de uma espingarda, o cano está apoiado em seu pescoço, equilibrado sobre seu ombro, a extremidade da arma desaparece atrás de sua cabeça.

O homem mais à esquerda da imagem também segura uma espingarda com a mão direita que descansa da mesma maneira sobre seu ombro, e o pai segura uma arma cuja coronha de madeira lustrosa está apoiada no chão, enquanto ele segura o cano duplo de metal escuro.

Aos pés deles se encontra a carcaça de um cervo adulto deitado de lado, o abdome voltado para eles, os membros anteriores dobrados e os posteriores estendidos sobre as gramíneas, o largo pescoço caído para trás numa estranha contorção, a cabeça de lado, diretamente no chão, de tal modo que sua imponente galhada, com quatro chifres de um lado e cinco do outro, se mantém erguida diante dos caçadores e revela seu olho esquerdo. Uma última espingarda — pode-se supor que pertencente ao homem loiro, o único desarmado — está pousada sobre o abdome do animal.

Na altura do pescoço, a pelagem marrom, úmida e espessa do cervo está marcada por um buraco vermelho que começa a secar e escurecer à medida que se espalha pesadamente na direção do peitoral. Um pedaço de língua sai de sua boca pela comissura dos lábios e o olho esquerdo, o único visível, no qual as pálpebras ciliadas não se fecharam, parece contemplar com indiferença a alegria dos homens e a plana extensão dos campos circundantes.

A mãe nunca lhe falou sobre aquelas fotografias, depois da partida do pai ela nunca mencionou a existência dele, a não ser por acaso, num desvio de conversa, parecendo se arrepender na mesma hora, como se a simples evocação tivesse o efeito de uma lâmina afiada cravada entre suas costelas. As fotos foram tiradas antes do nascimento do filho — a mãe e o pai parecem mais jovens e o menino não aparece —, mas ele contemplou muitas vezes aquelas imagens em segredo e não consegue dissociá-las em sua memória.

O menino tem a impressão de ter vivido aqueles momentos, de ter visto o pai morder a perna da mãe e imprimir em sua pele a marca irregular de seus dentes. Está convencido de que sentiu a umidade daquele dia de verão sob a sombra do guarda-sol, compartilhou a alegria e a cumplicidade deles, sentiu o cheiro de terra fria do campo coberto de gramíneas e da pelagem do cervo sujo com seu próprio sangue. Também está convencido de que sentiu o cheiro da fumaça de tabaco exalada pelos homens, o cheiro de suas roupas úmidas, impregnadas de chuva e suor.

Ele não tem uma lembrança precisa da partida do pai. Conservou da vida junto a ele não mais que uma sequência de

impressões fragmentadas, talvez fictícias e em parte influen-
ciadas pelas fotografias escondidas na cômoda. Em contrapartida, está impregnado, como que moldado pela presença física da mãe, por sua ubiquidade, tanto ela aparece e colore, a
todo instante, cada recanto da inextricável trama que já com-
põe sua memória.

Se precisasse descrevê-la — algo que não saberia fazer re-
correndo às palavras —, sem dúvida evocaria imagens dela,
reminiscências preciosamente guardadas consigo, instantes,
pedaços de frases ditas ao longo do tempo, sensações interpe-
netradas e compreendidas simultaneamente que acabariam
por esboçar não um retrato, mas uma evocação, uma precipi-
tação, e por revelar alguma coisa de sua essência.

Aos vinte e seis anos, a mãe ainda é jovem. Ela teve o filho
com apenas dezessete, antes mesmo de ter sentido o eventual
desejo de ser mãe, algo que ela um dia lhe diz abruptamente,
depois de se irritar com ele e bater à porta do quarto para onde
o enviara pouco antes.

Ela está sentada na beira da cama, a seu lado. A luz que entra pela janela ilumina o lado direito de seu rosto e seu pescoço ainda está marcado por uma das placas vermelhas que
aparecem de repente quando ela fica com raiva. A mãe diz que
não queria ter filhos, que nunca sequer pensara em ter um filho, que ela mesma não passava de uma criança um pouco perdida e que aquilo caíra em cima dela como uma desgraça, um
golpe do destino. Reconhece que é uma pessoa irritada e sem
jeito, que nem sempre sabe o que fazer, como agir, que ninguém nunca lhe ensinou.

Nos primeiros tempos, depois da partida do pai, moraram
num pequeno apartamento dividido com a mãe da mãe, uma
mulher cinza e resignada, que sempre tinha uma expressão
sofrida no rosto e suspirava sem parar ao menor gesto, à

menor palavra. A própria vida, em sua absoluta banalidade, era para ela uma provação e um sofrimento perpétuos, e ela só conseguia demonstrar interesse pela filha oprimindo-a com uma litania de conselhos e críticas incessantes, tanto que as duas — por um motivo desconhecido pelo menino, mas que ele adivinha o suficiente para nunca ter sentido necessidade ou curiosidade de interrogar a mãe a respeito — acabaram se indispondo de maneira irremediável e a jovem mulher uma bela manhã foi embora, arrastando o filho com uma mão e com a outra uma mala de rodinhas contendo tudo o que tinha.

Depois disso, o menino só via a avó de tempos em tempos, quando ela, passando por acaso ou de propósito perto da escola municipal, o observa da cerca do pátio, na hora do recreio, às vezes faz um sinal para ele se aproximar a fim de lhe estender um bombom tirado da bolsa vermelha de verniz que ela aperta embaixo do braço contra o corpo magro.

Ela encurta ao máximo a alça da bolsa, que coloca no ombro, segurando-a curiosamente alta, como se fosse uma coisa preciosa que o mundo inteiro invejasse, embora — o menino sabe por já a ter explorado — não contenha nada mais que um estojo de óculos, uma moedeira do mesmo couro vermelho, envernizado e gasto, um lenço de pano, uma agenda telefônica, talvez também um broche folheado a ouro com o alfinete solto e uma caixa metálica azul da qual ela tira uma pastilha de seiva de pinheiro que o garoto aceita por algum obscuro dever ou por comiseração, leva à boca e cospe assim que pode, assim que a avó vira as costas, depois de passar entre os arames da grade uma de suas mãozinhas de palma seca a fim de acariciar a bochecha salpicada de sardas do menino, com a boca trêmula, contemplando-o com seus olhos congestionados, circundados de pálpebras úmidas e vermelhas por nunca terem derramado uma lágrima.

A mãe, sentada na beira da cama, chora abundantemente. Ela implora seu perdão, e assim que ele o concede, o sangue reflui dentro dela e a placa vermelha em seu pescoço esmorece. Um peso terrível acaba de ser tirado de sua consciência. Com o rosto ainda banhado em lágrimas, agora ela ri por uma bobagem dita pelo filho, puxa-o para si e o aperta em seus braços, beija com fervor sua cabeça e sua testa, jura que o ama mais do que tudo, que ele é seu filho, só dela.

Desde o nascimento do menino, acontece-lhe de ter violentos ataques de enxaqueca que a obrigam a se refugiar na cama ou no sofá, às vezes por vários dias seguidos.

Ela não suporta nem a luz nem o barulho, veda a casa — encontrando as janelas fechadas ao voltar da escola, o menino sabe que uma crise se anuncia ou está no auge —, pede ao filho que esvazie todos os cinzeiros, cujo cheiro de repente lhe causa repugnância, que guarde no armário o relógio de parede da cozinha, o relógio mecânico que ela usa no pulso, porque até mesmo o som dos ponteiros dos segundos se torna intolerável.

Ele lhe leva luvas de banho embebidas em água fria e Synthol, que ela aplica na testa e empurra para fora da cama quando quentes, e que continuam perfumando a casa de eflúvios medicinais de mentol e gerânio por um bom tempo.

O filho pressiona as têmporas da mãe com a extremidade de seus pequenos dedos, no ponto onde uma veia se sobressai batendo o ritmo da pulsação, para regular o afluxo sanguíneo que a faz sofrer.

Ele cedo aprende a tomar banho, a se vestir e cozinhar sozinho porque ela se torna incapaz de fazê-lo. Ela lhe diz que a dor é tal que poderia bater a cabeça nas paredes ou que preferiria morrer ali mesmo; até mesmo falar lhe é penoso.

Aprende a viver à sombra da dor da mãe: seus gestos se tornam mais lentos e cautelosos, as brincadeiras são murmuradas na penumbra de seu quarto. Ele se mantém constantemente à espreita dos movimentos dela, de seu corpo virando na cama, de seus chamados, de seus gemidos.

Quando a crise se aplaca, deixando-a exausta, desnorteada mas infinitamente aliviada, a mãe pede ao filho que venha se deitar a seu lado. Ela o abraça, massageia seus braços, suas mãos, seus pés. Segura seu rosto entre as mãos, como para se certificar de sua existência material ou tentar moldar um pãozinho de argila, dar-lhe forma, corrigi-lo.

— Meu ruivinho — ela diz —, meu raposinho.

Ela volta à vida, e as coisas lhe parecem mais verdadeiras, mais intensas, mais frágeis também. Às vezes pede febrilmente que o menino prometa que não a deixará, que não a abandonará, que nunca se afastará dela.

A mãe é tempestuosa, intensa e apaixonada, constantemente tomada de dúvidas, remorsos, ímpetos de alegria e profundos abatimentos.

Ela guarda na gaveta da mesa de cabeceira um tarô divinatório de Marselha e afirma ter aprendido a ler os arcanos na adolescência, ou que um dom a predispõe a compreender seu sentido secreto, mas precisa da ajuda do pequeno guia que vem na embalagem de papelão azul-branco-amarelo-vermelho para interpretar as cartas que distribui à sua frente, sentada de pernas cruzadas na cama, com um Peter Stuyvesant entre os dentes, sempre em busca de promessas de dinheiro, trabalho, dias melhores e, principalmente, amor.

Alegra-se quando tira a Estrela, o Sol ou a Força, mas, quando a Morte aparece, logo lê ao filho a descrição do livrinho anunciando que a carta não é tão funesta quanto se poderia pensar, pois simboliza a mudança, a transformação numa vida melhor, uma forma de renascimento.

Às vezes ela se contenta em recolocá-la rapidamente na pilha e pescar outra carta. Nada a entusiasma mais do que tirar os

Enamorados, embora o livrinho a deixe cética, porque evoca apenas o altruísmo, a confiança, a honestidade.

Ela sonha em conhecer um homem que a ame, diz ela, como o pai a amou, isto é, com aquele amor tumultuoso, implacável, que lhe parece ser o único possível, o único válido.

Depois, no mesmo impulso, ela afirma que qualquer outro amor seria preferível, qualquer outro homem que não a tivesse deixado sozinha com um filho nos braços.

* * *

Quando eles voltam para Les Roches, a mãe está sentada numa pilha de ardósias encostada na fachada. A porta escancarada libera um perfume de sabão negro e a laje de cimento está escurecida por ter sido lavada com muita água.

O filho avança na direção da mãe, lhe estende um galho de castanheira.

— Olha — ele diz.

Ela pega o pedaço de madeira e o gira entre os dedos. O pai passa por eles, empurra o carrinho de mão até o anexo, abre o cadeado e descarrega os galões de água.

— O que é isso? — ela pergunta.

— Vamos fazer um estilingue.

— É mesmo? E o que você vai fazer com um estilingue?

O pai sai do anexo, acende um cigarro contemplando a paisagem e se senta diretamente no chão, a poucos metros deles, com os antebraços sobre os joelhos, punhos soltos.

A brasa oferecida a ele se avoluma contra sua palma e a fumaça retida por um instante no oco de sua mão escapa preguiçosamente entre o polegar e o indicador reunidos. Ele olha para o filho que fala com a mãe e a mãe finge interesse pelo pedaço de madeira.

Ele tira de um dos bolsos uma faca dobrável e abre sua lâmina.

— Venha cá.

O filho se aproxima e o pai prende o cigarro no canto dos lábios. Ele pega o pedaço de madeira e começa a descascá-lo, com a polpa do polegar apoiada no dorso da lâmina mantida na diagonal.

— Agora você.

Ele estende o cabo da faca ao menino, que se senta a seu lado, com as pernas cruzadas. O pai ocasionalmente se inclina para guiar seus gestos. A mãe apoia a cabeça na parede e, com os olhos fechados, deixa a luz banhar seu rosto. Ela ouve a voz do pai e do filho, concentrados em descascar o pedaço de madeira. Ela aspira o cheiro do arenito aquecido pelo sol, do sabão negro e da menta silvestre.

— Amanhã — diz o pai, enquanto o filho se levanta e limpa os pedaços de casca da calça — passaremos o maçarico para endurecer a madeira.

O filho imita a tensão de um elástico, mira em alvos imaginários ao redor deles, assoviando entre os dentes. O pai e a mãe o veem se afastar pela vegetação.

— Ele vai ficar bem aqui, você vai ver — diz o pai.

Seus olhares se cruzam e a mãe sorri discretamente. A luz do fim de tarde venceu sua contrariedade, suas reticências. Um cansaço se apoderou dela. O pai se levanta, se aproxima e se agacha a seu lado. Ele coloca a mão na bochecha da mãe, a deixa escorregar pela mandíbula e agarra seu queixo com os dedos.

— *Nós* vamos ficar bem.

Ela coloca uma mão sobre a do pai. Com o olhar levantado para o dele, diz:

— Eu só queria que você conseguisse se livrar dessa raiva, dessa sombra que paira o tempo todo sobre você.

Sem piscar, o homem parece examinar seu rosto. Seus olhos se movem em ínfimos solavancos, como se ele tentasse reconhecer ou memorizar cada detalhe, cada milímetro de pele, antes de se cravarem de novo nos olhos da mãe.

— Vou acender o fogo — ele diz. — As noites são frias por aqui.

Depois de um silêncio, ele acrescenta:

— Acho que está na hora de você falar com ele.

A mãe assente e ele se afasta na direção do anexo, em cuja sombra ela o vê desaparecer e reaparecer um instante depois, com os braços cheios de lenha.

Ela se apoia no chão, se levanta, avança alguns passos e procura o filho com o olhar. Como não o vê, segue pelo caminho que os passos do menino deixaram no campo. A mãe o encontra um pouco adiante, deitado de costas sobre a grama, o estilingue levantado para o voo distante de um pássaro.

— Vamos caminhar até o bosque?

Ela estende uma mão ao filho. Da cama que o menino improvisou sobe, quando ele se levanta, um cheiro de transpiração juvenil e terra fria.

Eles caminham um pouco, de mãos dadas, seus corpos se aproximam e afastam segundo a cadência de seus passos, segundo os obstáculos reais ou imaginários que o filho evita com saltos, desvios, puxando o braço da mãe.

O sol declina, banha a campina com uma luz enviesada que os cega, ainda invernal. O filho solta a mão da mãe e corre até a orla do bosque onde o tronco gretado dos pinheiros manchados de ouro exala um aroma de resina. Eles caminham à sombra esparsa das árvores, sobre uma cama de agulhas alaranjadas que estalam sob seus passos. O filho se abaixa para juntar pinhas de larícios que examina e, depois de uma minuciosa seleção, enfia nos bolsos ou atira à sua frente.

Às vezes a mãe o ultrapassa, levanta os olhos para a monocromia dos galhos onde brotam novas agulhas, seu rosto constelado de sombra e luz; às vezes é o filho que passa na frente para alcançar uma árvore em que um galho baixo permite que ele se pendure e a escale.

Ela apoia o ombro contra o tronco.

— Quero te contar uma coisa.

De seu poleiro, o filho abaixa o rosto para ela e a mãe desvia o olhar para a tranquila vegetação rasteira do bosque.

— Vou ter um bebê — ela diz.

O filho não responde, leva sua atenção para a casca gretada da árvore e tenta arrancar um pedaço.

Ela acrescenta:

— Ainda não sei se vai ser um irmãozinho ou uma irmãzinha.

O filho sobe num dos galhos superiores, monta como se fosse a cavalo, com as costas no tronco.

— Cuidado — diz a mãe. — Não suba demais.

— Ele vai nascer aqui? — pergunta o menino.

— Não. Estaremos de volta em casa. Ele vai nascer no outono.

De seu posto de observação, o filho avista a campina atrás das árvores, a forma monolítica, distante, apenas esboçada, da casa no meio da vegetação.

Ele permanece imóvel em meio ao cheiro frio dos pinheiros. A mãe se mantém ao pé da árvore, paciente e pensativa, atenta para não apressar o filho, até que ele volta cautelosamente ao galho mais baixo, do qual se deixa escorregar, caindo a seu lado de pés juntos.

Ela pega as mãos do menino entre as suas, parece querer lhe dizer alguma coisa mas desiste. O filho se esquiva e se afasta. Ela fica um momento sozinha no silêncio perfumado, luminoso do bosque.

Na noite da chegada a Les Roches eles jantam sob uma lâmpada alimentada pelo gerador que ouvem trepidar atrás da espessa parede de pedra.

O fogo aceso mais cedo pelo pai aquece a peça única, inóspita algumas horas atrás, agora animada pelo crepitar da lenha e pelo brilho das chamas. O duto da chaminé no início cuspiu uma fumaça espessa, da qual subsiste um véu que densifica a luz.

Eles esquentaram as latas de ravióli que a mãe serve em velhos pratos de porcelana desemparceirados. Eles também jantam torradas, uma lata de patê e palmitos em vinagrete, e por mais frugal que seja a refeição, nada pode diminuir o bom humor do pai, que o vinho torna afável e loquaz. Ele expõe seus projetos para a casa, as obras que planeja fazer durante os meses em que eles estiverem em Les Roches: o telhado, que ele primeiro quer consolidar, a colocação das lajes do térreo, a pintura das paredes do primeiro andar; várias pequenas coisas às quais ele diz ter se dedicado de tempos em tempos desde a morte de seu pai, quando o tempo e o dinheiro lhe permitiram.

— E subir toda essa tralha para cá, as ferramentas, os materiais, posso dizer que não foi pouca coisa — ele confidencia ao filho, encostando-se numa das duas escoras junto à mesa.

Ele acende um cigarro, puxa uma baforada que o faz estremecer, exala a fumaça pelas narinas, mergulha em seus pensamentos.

— Mas eu sabia que valia a pena — ele diz. — Eu sabia que um dia viríamos para cá, todos juntos.

Ele se cala novamente, pega seu copo de vinho.

— A nós. Ao nosso novo começo.

A mãe hesita.

— Você brinda conosco? — ela pergunta ao filho.

O menino assente e eles levantam os copos que se tocam acima da toalha engomada. O pai empurra sua cadeira bruscamente e diz:

— Isso precisar ser celebrado. Já volto.

Ele sai da casa, deixando a mãe e o filho sentados um de frente para o outro. Ela estende a mão por cima da mesa para passar o polegar pelos lábios do menino, sujos de molho de tomate.

— Olhe para você — ela diz —, se sujou todo.

O filho se limpa com o dorso da mão quando o pai reaparece. Ele segura um pequeno rádio de pilhas sujo de gesso ou tinta, e puxa a antena telescópica. O aparelho chia quando ele o liga e percorre em vão os canais FM. Eles só ouvem frequências distantes, depois ele muda para a AM e consegue captar uma estação musical que toca "A Whiter Shade of Pale", de Procol Harum. O sinal melhora quando o pai levanta o aparelho até o teto e se apressa a apagar as luzes, deixando a peça iluminada apenas pelo brilho avermelhado das chamas no fogo da lareira.

— Suba — ele diz ao filho, batendo na toalha com a palma da mão.

— Aonde? — pergunta o filho.

— Aqui, em cima da mesa, rápido!

O menino lança um olhar para a mãe, que sacode a cabeça para indicar sua impotência e, aceitando a mão que o pai lhe oferece, o filho sobe em cima da mesa, com os pés entre os pratos. O pai coloca o volume do rádio no máximo e o passa ao menino.

— Segure bem alto e não se mexa.

Ele pega as mãos da mãe, que resiste, protesta em vão, acaba cedendo e se levanta, aninhada entre seus braços sob a luz crua da lâmpada, pousa a têmpora contra o ombro do pai, esboça os passos de uma música lenta e langorosa enquanto a voz crepitante de Gary Brooker enche a sala:

And so it was that later
As the miller told his tale
That her face, at first just ghostly
Turned a whiter shade of pale

Mais tarde, o filho exausto adormece na frente da lareira, no sofá. O pai e a mãe ficam acordados até tarde, sentados à mesa diante de xícaras de café frio. O pai fuma um cigarro atrás do outro e a mãe às vezes pede um trago. O aparelho de rádio colocado sobre a toalha engomada difunde em volume baixo uma longínqua estação castelhana. As vozes da mãe e do pai chegam confusamente ao filho, bem como o cheiro e o brilho avermelhado do fogo que o pai vem atiçar com um novo pedaço de lenha.

Em sua sonolência, alguma coisa lhe parece apaziguada, possivelmente confundida com uma de suas reminiscências de um tempo passado, talvez até imaginário, em que o pai e a mãe se amavam com um amor tranquilo, sem ameaça, e até a presença de Les Roches, daquelas paredes sólidas em torno deles, do velho telhado de ardósia acima de suas cabeças, lhe proporciona essa sensação difusa de conforto e alegria.

***

Quando a mãe volta do trabalho, encontra o filho sentado nos degraus da rua. Ela carrega uma sacola de compras em cada mão e empurra o portão de metal coberto de ferrugem com o pé. Ela vê o menino, se imobiliza por um instante enquanto o portão se fecha sozinho atrás dela, depois atravessa o pátio.

Chegando à escada, pergunta:

— O que deu em você?

— Ele está aqui — responde o filho.

A mãe sacode a cabeça.

— Ele está aqui? De quem você está…

Ela se interrompe quando o filho ergue o rosto na direção da janela de seu quarto, no primeiro andar, sobe lentamente os degraus da entrada, cruza o umbral da porta e se dirige para a cozinha. Ela larga as duas sacolas de compras em cima da mesa e permanece imóvel, com a cabeça baixa, sem pronunciar uma palavra. Por fim se endireita e se volta para o filho, que a seguiu e se mantém atrás dela.

— Ele chegou quando? — ela pergunta em voz baixa.

— Faz pouco tempo.

— O que ele está fazendo?

— Dormindo, acho.

A mãe balança a cabeça várias vezes, se aproxima do filho e pega seu rosto entre as mãos. Ela tira a mecha de cabelos em sua testa e, com o polegar, acaricia sua têmpora.

— Fique aqui — ela diz. — Está bem?

Ela sai da cozinha, se detém ao pé da escada e retorce os dedos. Ela parece menor e mais frágil à luz do vestíbulo, mas seu corpo está retesado por um firmeza orgulhosa, belicosa, como se ela se preparasse para brigar com o pai. Ela sobe os degraus, o filho a vê desaparecer, engolida pela linha do andar superior. O menino presta atenção aos passos que sobem o corredor até o quarto em cuja porta ele mesmo se manteve para contemplar o sono do pai.

Quando reaparece, ela passa pelo filho sem lhe conceder um olhar. Ela entra na sala, pega o maço de cigarros deixado sobre uma cômoda, acende um e se encosta na parede ao lado da televisão. Ela fuma, ora levando o filtro aos lábios, ora roendo a unha do polegar, sem conseguir dissimular o tremor de seus gestos. As espirais de fumaça do cigarro a envolvem em camadas azuladas.

Ela o esmaga pela metade, vira o rosto para o filho e diz:

— Vou guardar as compras e começar a preparar o jantar. Por que não vai brincar na rua um pouco, enquanto isso?

O sol declinou atrás do telhado e o pátio agora está mergulhado na sombra. O menino pega a bola de couro rasgado e a chuta sem convicção contra o muro, espreitando a casa por cima do ombro. Tremendo, ele acaba por se sentar no primeiro degrau à frente da porta para tentar captar alguma coisa dos barulhos que podem vir do interior, mas o único rumor é o murmúrio indiferente da cidade — um alarme de carro, o choro de uma criança, o latido do pastor alemão acorrentado a um bloco de cimento num dos pátios da rua paralela —, todos esses sons que normalmente compõem um voz familiar, consoladora, e agora parecem se voltar contra ele.

O céu é uma aquarela escura sob a qual a luminescência alaranjada da cidade se encontra estagnada. Pesadas gotas de chuva começam a cair, estourando sobre o betume das calçadas, as lajes do pátio, a carroceria dos carros. O menino aproxima as pernas do tronco, abraça os joelhos. Quando rajadas de vento fazem a chuva bater contra a casa, ele deixa as gotas fustigarem seu rosto e pouco a pouco escurecerem o tecido de seu casaco esportivo.

Os postes da rua se acendem, lançando sobre o chão sua luz capturada pela chuva. O céu escurece mais ainda, o frio que se abateu sobre a cidade não tarda a penetrar as fibras encharcadas de chuva do casaco esportivo e a atravessar a pele do garoto, tão fina que a mãe às vezes segue com a ponta dos dedos a rede de veias que afloram por baixo de sua clavícula.

Ele fica muito tempo imóvel, o rosto lavado pela chuva. Quando a luz do alpendre surge acima dele e a porta da entrada é aberta pela mãe, o filho não é mais que um bloco de carnes enregeladas, uma pequena pedra sobre os degraus, e precisa fazer um esforço considerável para conseguir virar a cabeça em sua direção.

Ela mudou de roupa e usa agora o moletom com capuz, desbotado e largo demais, que a faz parecer uma adolescente e que tem um bolso único na frente, no qual ela coloca constantemente as mãos, os maços de cigarros, os isqueiros, um monte de outras coisas recolhidas aqui e ali: moedas, um recibo, um Playmobil ou um brinco.

— Vim chamar você. Pensei que tivesse saído para dar uma volta.

Ela sai da casa, coloca o capuz e acende um cigarro. Senta-se ao lado do filho, passa um braço em torno de seus ombros.

— Você está encharcado — ela diz, puxando-o para si. — Vai ficar doente.

O filho deixa a bochecha descansar no algodão do moletom com capuz que cheira a cigarro e água de colônia do pai.

— Onde ele estava? — pergunta, a meia-voz.

A mãe aspira o cigarro, gira a cabeça para exalar a fumaça longe do rosto do menino.

— Ele está aqui — ela diz. — É o que importa agora, não?

— Ele vai ficar aqui?

— Não sei. O que você acha disso?

O filho não responde e a mãe volta o olhar para a rua.

Um gato escuro pula sobre a mureta do pátio e olha para eles, resignado sob a chuva. Eles ficam um momento lado a lado à luz do alpendre, contemplando a chuva; sua sombra única se alonga pelos degraus da escada e das lajes brilhosas.

A mãe passa uma mão pelos cabelos úmidos do filho e diz:

— Agora entre e vá se trocar.

O menino sobe as escadas de quatro em quatro e fecha a porta de seu quarto atrás de si. A chuva aumenta de intensidade, bate na janela pela qual a luz do poste mais próximo escorre em ondas líquidas sobre a parede.

Do térreo lhe chegam os ruídos surdos da TV e do que parece ser um concurso de televisão, da presença da mãe na cozinha, de pratos se chocando, de portas de armários batendo, da água corrente caindo na pia; por fim, uma risada.

O menino varre com os olhos o quarto tranquilo, os pôsteres nas paredes, o tapete com pista automotiva no qual ele não brinca há muito tempo — os carrinhos agora descansam embaixo do estrado da cama numa caixa de brinquedos —, e que sempre lhe pareceu ter sua própria lógica, suas próprias leis. À noite, em especial, quando lhe acontece de olhar para o tapete já estando na cama, seu retângulo parece uma janela aberta para outra realidade, que representa um bairro ou um loteamento, ou mesmo um pequeno vilarejo com seus terrenos cheios de construções de telhados vermelhos e paredes amarelas — as casas inclinadas para trás para revelar as fachadas pacatas, ornadas de amplas janelas com treliças —, suas ruas cor de chumbo com marcações regulares cujas linhas e esquinas se repetem e formam um perfeito arranjo geométrico — o tapete, originalmente vendido a metro, repete duas vezes o mesmo motivo —, suas faixas de pedestres, suas linhas de árvores vistas do céu, representadas com um mesmo redemoinho verde, mas também seu centro comercial e seu corpo de bombeiros.

Na penumbra do quarto, do refúgio quente da cama, da maciez dos lençóis surrados e da sonolência que o invade, o menino tem a impressão de que o mundo do tapete é tão real quanto o que ele habita — o bairro operário com suas ruas esburacadas, suas casas desbotadas, suas lixeiras exalando seu hálito amargo na solidão dos pátios de serviço, seu terreno baldio esburacado semelhante a um campo minado, cheio de detritos, cocô de cachorro e garrafas quebradas —, e pode sem dificuldade, com um simples exercício mental, se projetar nas ruas pacatas e na ordem perfeita do tapete, acessível somente a ele.

Ali, nada ameaça o menino. Não há vivalma e nada muda, a cidade parece se erigir e perenizar por si mesma. Nesse mundo, o pai não poderia ressurgir a seu bel-prazer, nem mesmo existir, e nunca, em nenhuma daquelas casas de curiosa inclinação e fachadas acolhedoras, a mãe prepararia um jantar para reunir, como se fosse um feito banal e esperado, o pai, o filho e ela, na primeira noite desse retorno.

O filho acorda, espreguiça os membros entorpecidos pelo sono, afasta os lençóis e se senta na beira do colchão. Com a planta dos pés, ele toca o tapete automotivo que não passa de um triste retângulo de carpete ilustrado à luz da aurora. Levanta-se, atravessa o quarto evitando os bonequinhos espalhados pelo chão, caídos em combate e abandonados em pleno campo de batalha.

O corredor está fracamente iluminado por uma nesga de luz que chega da porta entreaberta do banheiro, traçando uma linha difusa sobre o papel de parede cuja vegetação parece mais escura, menos nítida. O menino entra, se senta na patente, ainda sonolento, com os cotovelos fincados nas coxas, o rosto enfiado nas mãos.

Ele fica ali, entorpecido, cabeceando, o queixo escorregando da mão. Ele se sobressalta, levanta e puxa a calça do pijama. Uma pequena auréola de urina escurece o tecido da calça enquanto ele puxa a descarga como a mãe várias vezes o lembra de fazer, pois nada a exaspera mais do que encontrar o vaso sanitário sujo — é ela, também, que lhe manda fazer xixi sentado para que nada respingue no assento ou no pequeno tapete rosa e macio colocado em frente ao vaso — e ele com frequência a ouve gritar do banheiro do primeiro andar ou do térreo: "a tampa!", "a descarga!", "quantas vezes vou ter que pedir?", "não sou sua criada" ou ainda: "o que foi que fiz, meu Deus?".

O menino sai do banheiro e seu olhar é atraído pela porta fechada do quarto da mãe. Normalmente, ela não a fecha, e a fechadura brilha com uma luz difusa, quase imperceptível. O filho se imobiliza: volta-lhe bruscamente à mente a lembrança da presença do pai que a noite havia apagado, relegada à categoria de impressões frágeis que subsistem ao despertar, fragmentos de sonho, sensações indizíveis que um detalhe — uma palavra, uma imagem, alguma coisa que não saberíamos nomear — reaviva e recompõe com uma precisão fulminante. O menino se aproxima da porta e se abaixa.

Ele consegue perceber uma luz viva quando seu olho se alinha ao buraco da fechadura, depois sua pupila se retrai e ele distingue uma parte do quarto, as costas nuas da mãe deitada de barriga para baixo sobre os lençóis, o rosto virado para a esquerda, os olhos fechados.

O filho precisa inclinar a cabeça para enxergar o pai sentado à beira da cama, na frente da janela, de costas para a mãe, os punhos pousados sobre suas coxas peludas, logo acima dos joelhos. Ele também está nu, tem o corpo banhado pela luz lívida, as costas arqueadas, a pele mais branca na altura do quadril onde os pelos abundantes da coxa cessam abruptamente.

O pai parece perscrutar algo do outro lado da janela, mas o filho sabe que não há nada para ser visto daquele lugar na cama além do céu baixo da cidade. Ele abaixa os olhos para o chão, estica um braço e junta a cueca, que veste com gestos lentos, puxa até os quadris ao se levantar e, enquanto ele caminha até a porta, o filho se afasta rapidamente sem fazer barulho e volta a seu quarto.

Quando o menino entra na cozinha, o pai está sentado à frente de uma xícara de café. Ele vestiu uma camiseta e uma calça de moletom. Encostado na parede, ele tem os pés no assento de uma cadeira e já fuma o enésimo cigarro.

— Não fique aí parado — diz a mãe ao ver o filho. — Venha tomar seu café da manhã.

O filho se senta à mesa e ela coloca à sua frente uma tigela, uma caixa de cereais e uma caixa de leite. Ela trabalha no refeitório de uma empresa da zona industrial no outro extremo da cidade e faz a limpeza de uma escola maternal ao fim do dia. Prepara-se para sair e termina de embalar alguns biscoitos num pedaço de papel alumínio.

— Tente não esquecer dessa vez — ela diz, tirando da mochila do menino um pacote antigo com o conteúdo reduzido a migalhas e uma banana escurecida.

Dá um beijo na cabeça do filho.

— E eu? — pergunta o pai.

Ela ri abotoando a jaqueta jeans que acaba de colocar, contorna a pequena mesa e se abaixa para beijá-lo nos lábios. O pai agarra suas nádegas com os dedos e ela se solta num movimento nervoso, rindo de novo, lança ao filho um olhar constrangido que o obriga a desviar o seu e fixá-lo na lista de ingredientes da caixa de cereais.

— Nos vemos à noite — ela diz.

Mas permanece imóvel, em pé ao lado da porta, com a velha mochila no ombro quase solta da alça, e faz as chaves tilintarem na mão direita, levando o olhar do filho ao pai e do pai ao filho.

Ela volta sobre seus passos para beijar o menino na cabeça, se vira e sai da cozinha. Eles ouvem a porta de entrada bater e seus passos apressados sobre as lajes do pátio.

Sem ousar erguer os olhos para o pai, o filho termina sua tigela de leite e a leva à pia para enxaguá-la, de costas para o homem cuja presença sente irradiar atrás de si.

Ele coloca a tigela no escorredor e se prepara para sair quando a voz do pai o detém:

— Sabe de uma coisa? Esqueça a escola por hoje. Vamos passar o dia juntos, você e eu, entre homens. Vá se vestir.

Naquela manhã, eles vão a pé até um dos últimos cabeleireiros para homens do centro da cidade e o pai pede que os cabelos do menino sejam cortados curtos, rentes nas têmporas, o contorno das orelhas aparente, a nuca raspada.

O dono do salão é um velho de bigode severo e forte sotaque italiano. Ele instala o filho na cuba do lavatório e coloca uma toalha áspera em torno de seu pescoço.

Sentado ali perto, à luz triste da vitrine, o pai folheia uma revista de carros.

— Há quanto tempo você não vê um pente, meu filho? — pergunta o italiano ao menino.

O pai pega o maço de cigarros.

— Posso fumar aqui?

— Abra a porta.

O pai se levanta. O sininho toca quando ele puxa a porta de vidro e se encosta no marco para acender o cigarro enquanto contempla a rua deserta.

— Venha se sentar aqui, pequeno.

O barbeiro instala o filho na frente de um espelho e coloca sobre ele uma capa preta, que amarra atrás de sua nuca.

— Acho que lembro do senhor — ele diz, observando o reflexo do pai no espelho.

— É possível.

O barbeiro assente e penteia os cabelos do filho.

— Seu rosto me diz alguma coisa.

— Eu vinha cortar o cabelo aqui de vez em quando com meu pai. Faz muito tempo.

— Isso, isso. Não seria o homem que foi encontrado na montanha, por acaso?

O pai aspira o filtro do cigarro, solta a fumaça na rua.

— Foi o que pensei — continua o italiano. — O senhor se parece com ele. Agora lembro de vocês. Ele o trazia para cortar os cabelos uma vez por ano, na primavera.

— Sim.

— Claro, claro, foi o que pensei ao vê-lo entrar, mas nunca se sabe. Um garotinho de cabelos compridos que ele me pedia para raspar para não pegar piolho.

O pai vira ostensivamente o rosto e não responde.

— Desculpe lhe perguntar — continua o italiano com voz hesitante —, mas é verdade o que disseram sobre ele?

— O que disseram sobre ele?

— Ele morreu de câncer, não é mesmo?

— E?

— Dizem que teria vagado pela montanha como um louco por semanas, que teria perdido a cabeça e que teria morrido depois de passar por sofrimentos atrozes.

O pai solta uma risadinha, soprando a fumaça pelo nariz. Ele evita o olhar do filho refletido no espelho.

— Foi em parte por isso que ele se retirou para a montanha — ele responde. — Não aguentava esses falatórios, a maledicência das pessoas.

— Não tenho nada a ver com isso, sabe, só repito o que ouvi dizer. Saiu até um artigo na imprensa local, lembro bem.

— As pessoas deveriam calar a boca.

— Com certeza, com certeza. É difícil impedir as pessoas de falar. É uma cidade pequena. Além disso, seu pai era conhecido por todo mundo.

O pai atira a bituca na rua e cospe um fio de saliva na calçada. O sininho toca de novo quando ele fecha a porta de vidro e volta a se sentar na cadeira. Perto dele, uma begônia vegeta sobre um banquinho alto, com as folhas desesperadamente voltadas para a luz da vitrine, e o filho vê no espelho suas faces inferiores avermelhadas, brilhosas, as nervuras translúcidas.

— Ele não era assim quando o conheci — continua o italiano. — Era um homem afável. Foi a morte da mãe do senhor, depois o acidente que teve… Ele nunca se recuperou, deve ter sofrido um golpe duríssimo. Encontrar-se nessa situação, com um filho pequeno, meu Deus, ninguém pode imaginar…

Por certo tempo a única coisa que se ouve é o clique da tesoura que o barbeiro passa pelas têmporas do menino e o som abafado de um aparelho de rádio.

— Foi escolha dele, ficar lá no alto — diz o pai de repente. — Certamente ele sabia que passaria maus bocados, mas isso lhe parecia preferível. O pior, para ele, teria sido acabar no hospital, com alguém para lhe dar comida e limpar sua bunda.

O italiano tira a capa preta do pescoço do menino e a sacode no ar.

— Mesmo assim, mesmo assim, acabar sozinho, daquele jeito, é desumano. Não desejamos isso para ninguém.

O pai não responde e o barbeiro pega um secador de cabelos cujo sopro espalha pelo espaço estreito do salão um cheiro de resistência superaquecida e cabelo queimado. Depois posiciona um pequeno espelho redondo atrás da cabeça do menino para que ele possa enxergar sua nuca.

— Pronto — ele diz. — O retrato escarrado do pai.

O pai se levanta e contempla o filho no espelho, balançando a cabeça de satisfação.

— Quanto lhe devo? — ele pergunta.

Quando eles saem, levando consigo um pouco do cheiro de salão de barbeiro, uma caminhonete equipada com alto-falantes passa por eles e anuncia a presença de um parque de diversões perto da zona comercial, no sul da cidade.

— Poderíamos dar uma volta por lá — exclama o pai, tomado por uma excitação juvenil.

O filho assente e passa os dedos pelo colarinho do blusão para se livrar dos cabelos que coçam.

Eles caminham até a perua do pai, um Citroën BX azul metálico caído sobre a suspensão hidráulica. O capô e o lado direito parecem ter sido substituídos e grosseiramente repintados de uma cor semelhante.

— Sente na frente — diz o pai, quando o menino se prepara para abrir a porta de trás do veículo. — Espere, me deixe tirar tudo isso.

Ele se adianta ao filho, inclina-se sobre o banco do motorista para liberar o lado do passageiro de um acúmulo de maços de cigarros vazios, latinhas de cerveja e papéis engordurados enrolados sobre restos de sanduíches que ele atira no banco de trás, também atravancado com um saco de dormir, um galão de gasolina, velhos pacotes de salgadinhos e outras embalagens não identificáveis.

O carro fede a bituca de cigarro fria, óleo automotivo e água de colônia.

— Pronto — ele diz, convidando o filho a se sentar. — Está um pequeno caos, preciso limpar o carro.

Eles se instalam e o pai volta a abrir a porta para jogar fora o conteúdo do cinzeiro direto no asfalto. Quando liga a perua e ela se eleva pesadamente sobre a suspensão, ele dirige um sorriso ao filho antes de manobrar para sair do estacionamento.

No caminho para a zona comercial, uma garoa persistente começa a cair. A cidade monótona desfila por eles, as casas dos antigos bairros operários, janelas que oferecem uma breve visão de cozinhas e salas estreitas, banhadas por uma luz acinzentada; os novos loteamentos em que a vida deve ser tão ordenada e invejável quanto na realidade do tapete com pista automotiva, com suas fachadas caiadas de bege rosado, telhados brilhantes com telhas vermelhas, mil metros quadrados zelosamente cercados por uma grama curta, aqui e ali um balanço imóvel sob a chuva e uma piscina coberta com uma lona, promessas de dias radiantes.

O pai não diz nada, não se preocupa com o silêncio do filho, a quem lança um olhar de canto de olho, balançando a cabeça como se eles acabassem de chegar a um acordo tácito ou como se ele se parabenizasse pela companhia do menino.

Ele estica o braço para vasculhar a parte de trás do banco do passageiro, agarra um pacote de Marlboro que puxa para si e deixa cair sobre os joelhos do filho. A perua desvia de seu caminho e quase bate no meio-fio.

— Tome, me passe um maço — ele diz, corrigindo a trajetória do veículo com um puxão na direção.

O filho abre o pacote, o pai ativa o acendedor de cigarro e a resistência começa a aquecer enquanto ele abre às cegas o maço colocado em sua coxa direita.

— Sabe o que ele disse agora há pouco, sobre meu pai? Sobre seu avô?

O menino se abstém de responder.

— É verdade — continua o pai, acendendo um cigarro. — Ele ficou muito doente. Morreu sozinho, em Les Roches. É assim que chamam a casa na montanha, e foi lá que cresci. Mas não tive nada a ver com aquilo. Não tive escolha e fui embora quando tinha quinze anos, por motivos que não posso explicar aqui e agora, mas que talvez um dia conte a você.

O filho remexe as pernas, afunda no assento, apalpa o apoio de braço da porta.

— Posso dizer que não o perdoei por anos. Até desejei que morresse, e mais de uma vez. Mas quando fiquei sabendo que tinha realmente morrido, foi um golpe terrível. Fiquei devastado, destruído. Parece que foi um peregrino que o encontrou. Ele estava ao pé de uma árvore, seminu, enrolado sobre si mesmo como um cachorro morto.

O pai abre o vidro, girando a manivela à sua esquerda aos solavancos, faz alguns gestos no ar para em vão tentar dissipar a fumaça para fora do veículo.

— Ele ficou vários dias ao pé da árvore e um animal, javali ou raposa, talvez até um lobo, tinha devorado metade de seu rosto e de sua coxa. Tive que reconhecer o corpo quando o desceram de lá.

O pai sacode lentamente a cabeça e esmaga a bituca no cinzeiro.

— Talvez eu não devesse lhe contar tudo isso. É só para dizer que com o tempo entendi que eu também tinha minhas culpas, que estava longe de ser perfeito e que é muito fácil errar. Ele era um velho patife, com certeza, mas também tinha suas feridas. E não existe nada pior que um homem ferido.

Ele se cala, tamborila o volante com a palma da mão direita enquanto sacode a cabeça, passa a língua pelo canto do incisivo quebrado. Pelo vidro aberto, algumas gotas de chuva entram na cabine e tocam o pescoço do filho.

***

O pai o carregou no colo ou nas costas, talvez com a ajuda da mãe, e subiu as escadas para colocar o filho na cama.

Ao acordar no meio da noite, o menino não se recorda de ter sido levado até ali e não guarda nenhuma lembrança do dia anterior. Ele a princípio pensa ter acordado na pequena casa do bairro operário, mas a luz da rua deveria se insinuar no quarto, mesmo com as venezianas fechadas, revelar a forma dos objetos familiares a seu redor: a cômoda de madeira branca, os bonequinhos no chão. Porém ele não distingue absolutamente nada, nem mesmo as mãos que ergue à frente do rosto, e o medo de ter ficado cego o invade. Um longo gemido se eleva atrás das paredes de gesso e as mantas de lã de vidro estremecem acima do forro. O filho chama a mãe aos gritos. Ele ouve corpos se movimentando no quarto contíguo, o roçar de lençóis, a voz do pai murmurando palavras indistintas. A mãe aparece com uma lanterna na mão. O feixe varre o quarto e o filho recorda: a viagem para fora da cidade, a subida da montanha, a caminhada até Les Roches.

A mãe se senta na beira da cama. Ela lhe diz que ele não tem nada a temer, que aquele uivo é apenas o som do vento passando por alguma parte do madeirame. Ela é tomada por um calafrio. O fogo deve ter apagado no térreo e agora reina um frio tão grande no primeiro andar que suas palavras parecem congelar.

— Chegue para lá, vou te aquecer até você voltar a dormir.

O filho levanta a coberta e a mãe se aninha contra ele. Por um bom tempo, ouvem a casa assobiar e estalar como um velho bote maltratado pela tempestade, o vento levar até eles o grito de corujas-das-torres que ululam no oco de uma árvore morta, com suas faces brancas e misteriosas. No entanto, tranquilizado pela presença e pelo calor do corpo da mãe, nada mais pode atingir o menino, e os dois acabam dormindo um sono tranquilo até o amanhecer.

No dia seguinte, o pai cumpre sua promessa e passa a madeira do estilingue na chama de um maçarico para endurecê-la. Ele equipa a arma com um pedaço de couro e uma tira elástica, pega do chão uma pedra que sopesa na palma da mão e com a qual arma o estilingue. O projétil voa direto para o céu.

— Se mirar bem — ele diz —, pode matar pássaros ou esquilos. Eu tinha um estilingue na sua idade, já não sei onde guardei, senão te daria. Matei alguns com o meu.

— Você comia as caças?

— E como! Aqui se come tudo o que se encontra. Se pegar algo, traga para cá.

O filho assente, coloca o cabo do estilingue no bolso de trás da calça.

— E cuidado com os ursos — diz o pai, acendendo um cigarro.

— Ursos? — pergunta o menino, incrédulo.

O pai ri enquanto solta golfadas de fumaça pelas narinas e se vira para ir ao anexo. O menino hesita, mas a sensação da madeira do estilingue contra a nádega e do elástico batendo atrás de sua coxa a cada passo o tranquiliza. Cheio do orgulho dos homens que carregam uma arma, ele se afasta com passo firme.

O horizonte está pesado de névoa, a montanha circundante impregnada da umidade da noite. As pedras são pretas e luzidias, afloram à superfície como a carapaça de algum animal mergulhado em sono profundo, ou como se a montanha como um todo não passasse de uma imensa criatura adormecida, no dorso da qual o menino caminhasse.

A copa escura das árvores se perde no nevoeiro e tudo parece abafado: o chilreio dos melros nos bosques lúgubres, a luz do dia, monótona sob a gaze que oculta o céu.

Da campina que o filho atravessa se eleva um cheiro de lama, raízes e cebolinha selvagem. A mãe o vestira com uma parca de forro acolchoado para que ele não pegasse friagem e o calçara com um par de botas com solas que emitem um ruído esponjoso sobre a vegetação que o orvalho faz parecer azulada nas depressões do terreno.

Quando chega à orla do bosque, o menino se detém por um instante. Ele se vira para o celeiro agora invisível. Nada se move, não há nenhuma ondulação na campina. Naquele aparente silêncio, o filho sente violentamente sua solidão e, ao mesmo tempo, se dá conta de sua presença no mundo, da natureza manifesta a seu redor, da imensidão e da profusão em que sua existência tomou forma e se encontra naquele exato momento.

Então ele toma consciência de sua vulnerabilidade: será que o urso não está de fato rondando a montanha? Se ele surgisse e o levasse, a mãe e o pai não o ouviriam gritar; ele provavelmente nem teria tempo de fazê-lo. Seu corpo seria encontrado em algum lugar do bosque, semidevorado, como o cadáver do avô?

Até mesmo a tranquilidade que o cerca agora lhe parece esconder um perigo. O menino pega o estilingue, se agacha e tateia o solo às cegas, em busca de uma pedra, sem parar de varrer os arredores com o olhar. Sua mão encontra uma pedra, que avalia com a ponta dos dedos; ele se ergue, arma o estilingue, mira nas sombras e nas árvores imóveis, mas seu braço logo se cansa e ele volta a abaixá-lo: o que uma pedra poderia contra um urso, de todo modo?

Ele acompanha prudentemente a orla, da qual sobe um sopro frio, a fermentação úmida da vegetação rasteira. O terreno segue por um bom tempo uma curva ascendente no flanco da montanha, na direção da vertente ensolarada, depois um leve declive que se acentua à medida que o menino avança. A névoa se dissipa, uma luz surge não se sabe de onde, depositando sobre todas as coisas uma suave claridade.

O pinheiral lentamente cede lugar às faias e os arbustos de abrunho aqui estão salpicados de flores brancas. A campina acaba e se o menino quiser ir adiante precisa avançar pela floresta silenciosa. Ele primeiro sonda as profundezas visíveis, com o estilingue sempre firme na mão. É provável que tenha se encorajado durante a caminhada, pois depois de uma breve hesitação avança penumbra adentro.

Passando do espaço aberto da campina à pegajosa densidade da floresta, ele penetra em outro universo, como se não tivesse se contentado em romper o ar vivo do amanhecer para se arriscar no perfume azinhavre do bosque, mas tivesse atravessado uma fronteira material, uma membrana invisível e permeável. As histórias infantis que a mãe às vezes lê para ele lhe vêm à mente, com suas florestas emaranhadas que ocultam mistérios, perigos e segredos.

Ele avança, seguindo uma clareira da vegetação, se detém e aguça o ouvido. Sob a quietude que cobria o barulho de seus passos, alguma coisa rugia no coração da floresta, para além da massa a princípio dispersa, depois densificada, inextricável das árvores — um murmúrio ao qual se juntam sons estranhos aos ouvidos do menino: a batida de um pica-pau-preto, o gemido de árvores caindo seguido de um baque surdo, o grito de uma marta, semelhante a uma gargalhada.

Um arrepio percorre o menino e ele se precipita para fora da floresta, corre a toda velocidade para escapar da sombra das árvores que o perseguem. Chegando ao meio da campina, ele gira nos calcanhares, contempla a orla impassível de onde parecem espreitá-lo mil olhos escondidos no interior sombrio, que formariam, todos juntos, o olhar da montanha. O menino recua alguns passos e foge na direção do celeiro.

Durante as primeiras semanas passadas em Les Roches, o pai se mostra de humor afável, atento à mãe e ao filho, redobrando o cuidado com eles.

Ele convida a mãe a moderar seus esforços, embora nunca mencione a criança que vai nascer, tanto que a mãe começa a parecer, aos olhos do filho, envolta na aura daqueles de que se suspeita que tenham sido atingidos por algum mal ou alguma aflição grave da qual não se conhece a verdadeira natureza, que são cobertos de atenções e cujas necessidades se tenta antecipar, na esperança de aliviá-los de seu próprio desejo antes mesmo que eles o sintam, ou de poupá-los do cansaço e do aborrecimento de ter que formulá-lo.

O segredo que paira em torno da gravidez da mãe também lhe confere um mistério, uma nova gravidade. À medida que os dias passam, ela é invadida por uma tristeza difusa. Tenta preservar o filho, sorri assim que o olhar dele pousa sobre ela, simula em sua companhia uma alegria inabitual.

Todas essas coisas só afetam o menino de maneira oculta, colorindo de um tom difuso, quase imperceptível, os primeiros momentos da nova vida na montanha, que são para ele, no entanto, de apaziguamento e despreocupação inesperados, de descoberta renovada a cada dia.

Três noites por semana, ela ferve água numa panela colocada no bico de gás, verte-a num balde e acrescenta o equivalente a outra panela de água fria. Mistura o conteúdo do balde com uma colher de madeira de cabo comprido, avalia a temperatura da água mergulhando os dedos dentro.

Ela sobe prudentemente as escadas, seu corpo antecipa o balanço do balde que segura pela alça com a mão esquerda, apoiando-se nos degraus com a direita. A água parece preta no recipiente plástico escuro — um balde de obra —, oscila e marulha a cada movimento, desenha nas bordas um nível cada vez mais elevado, ameaça transbordar.

Chegando a uma altura adequada, ela levanta o balde até o primeiro andar, às vezes ajudada pelo filho, se ele já não estiver tirando a roupa no banheiro sob a mansarda. O menino espera, nu dentro da ducha, bate os dentes, sua pele muito pálida toda arrepiada, até que a mãe tira a água do balde com a ajuda de uma velha caneca de folha de flandres e a derrama num ombro depois no outro, na nuca e no tronco, por fim na cabeça.

Ela se senta ao lado dele direto no chão enquanto ele se ensaboa e ocasionalmente interrompe sua tagarelice com recomendações: "ensaboe atrás das orelhas", "embaixo do braço", "enxágue bem, sobrou espuma nos cabelos".

A peça estreita logo fica saturada de vapor d'água e de um suave cheiro de sabão. Terminadas as abluções, a mãe se levanta para derramar na cabeça do filho a água que resta no fundo do balde. Ele fecha os olhos, tampa o nariz e tem a sensação de ser envolvido por uma carícia quente antes de a mãe o enrolar numa toalha áspera.

Depois de instalar os painéis de gesso sob o teto inclinado, o pai começa a consertar o telhado. Ele pede ao filho para segurar a escada extensível que ele abre e apoia na fachada. O menino o vê elevar-se acima dele, com a escada cedendo sob seu peso, chegar ao telhado e desaparecer de sua vista.

Ele recua alguns passos, o vê caminhar no telhado, chegar à lona que as borrascas deterioraram e que, rasgada em alguns pontos, repousa num estado lastimável sobre as telhas de ardósia, mais azul que o céu, de um azul de laguna suja, com dobras e pregas obstruídas por terra, pólen e galhos depositados pelas chuvas e pelos ventos.

O pai puxa a lona que estala no ar e cai no chão ao lado do filho em meio a uma nuvem de poeira. De joelhos no telhado, inspeciona as ardósias quebradas ou desencaixadas, começa a soltar uma por uma e a colocá-las a seu lado, põe a descoberto as ripas sobre as quais elas estavam pregadas e que, expostas às chuvas, apodreceram em alguns pontos. O pai enfia nelas sem dificuldade as primeiras falanges dos dedos e arranca pedaços quebradiços que esmaga entre as mãos.

— Olhe só para esta bagunça — ele diz.

Ele substitui as ardósias, desce a escada ao pé da qual o filho tenta colocar todo seu peso. Se ela balançasse para trás ou para o lado, seria impossível contrabalançá-la. Ele tem a impressão de que o pai não lhe pediu para segurá-la por considerar que pudesse ajudar de alguma forma, mas para ocupá-lo e lhe dar a ilusão de ser útil. Diante do corpo do pai acima dele, com sua silhueta escura recortada no céu claro, o menino de repente se sente pequeno, frágil, insignificante.

Ele se afasta quando o pai pisa no chão, dá um passo para fora da sombra do antigo celeiro e fica parado na luz, o rosto levantado para o telhado, ofuscado, olhos semicerrados e punhos nos quadris. O homem e o menino se mantêm imóveis. O pai avalia como consertar o telhado, o filho tenta adivinhar os pensamentos do pai e se dedica a imitar as mímicas de sua perplexidade.

— Eu precisaria desmontar o telhado para ver o tamanho do estrago e substituir uma parte das ripas — diz o pai.

Ele se cala, enxuga com o punho uma gota de suor que escorre por sua nuca.

E acrescenta:

— Não tenho o necessário.

Ele vai buscar um grande rolo adesivo preto, recolhe a lona, sobe de novo na escada e começa a estender o tecido sobre a parte fragilizada do telhado, depois cola os rasgões com a fita adesiva.

A mãe sai da casa, coloca-se ao lado do filho para observá-lo. Quando o pai volta a descer, olha para eles estranhamente embaraçado, como se os dois acabassem de pegá-lo em flagrante.

— Vai aguentar o tempo que for — diz, sem que nem a mãe nem o filho tenham a menor ideia da temporalidade a que ele se refere, das condições que a definem, e sequer dos pormenores da presença deles em Les Roches.

Talvez o pai queira com isso dizer que a lona aguentará até que ele decida ir buscar o material necessário para a reconstrução do telhado. Ou até que chegue o momento de voltar para a cidade no fim do verão. Ou então, até antes das chuvas e ventos dos próximos outono e inverno, se ele decidir voltar a Les Roches para retomar a obra. Eles não sabem, mas a mãe, desconcertada pelo ar contrito do pai — ou temendo intuitivamente a resposta que ele lhe daria se ela o interrogasse —, não faz nenhuma pergunta e se contenta em sacudir a cabeça.

Os três olham para o telhado remendado, até que o pai acende um cigarro e se afasta com as costas curvadas, praguejando entre os dentes.

***

Eles percorrem a única alameda do parque de diversões quase deserto. Em volta deles, quase todas as atrações ainda estão cobertas com lonas escorrendo chuva, os letreiros de neon apagados revelando sua combinação de lâmpadas e tubos empoeirados. Alguns donos de brinquedos se ocupam aqui e ali em abrir os painéis laterais dos estandes de tiro ou das máquinas de pegar pelúcias.

O pai voltou a um humor calmo desde que desceram do carro. Ele caminha ao lado do filho sem de fato prestar atenção nele, fuma olhando para os estandes com ar ausente, siderado, como se quisesse saber por qual acaso ou qual sequência lógica de acontecimentos ele se encontrava ali em plena manhã, no meio de um parque de diversões, naquela triste cidade de província, e o que se esperava que fizesse.

Os donos de brinquedos encaram os dois visitantes surgidos inopinadamente no parque numa hora do dia em que sua magia, somente revelada pela noite e pelas luzes artificiais, não poderia operar, numa hora em que o parque de diversões parece extraordinariamente trivial, inclusive contrário a seu princípio — uma certa ideia de encantamento, talvez até de eternidade —, uma vulgar combinação de lonas, plásticos, letreiros de cores berrantes, barracas de churros empestando o ar de cheiro de gás e fritura.

Uma criança pequena de cabelos castanhos, obrigada a respirar pela boca por narinas cheias de ranho, olhos verde-água, está sentada nos joelhos de uma mulher de longa cabeleira branca, esta por sua vez sentada nos degraus de metal atrás de um reboque. Ela veste uma grande saia cujo tecido a criança enrola nos dedos e leva à boca para chupar, impregnando-o de saliva. Os dois olham com insistência para o pai e o filho enquanto eles passam num ritmo lento, descompassado, alheios um ao outro, cada um existindo e progredindo numa realidade que exclui a presença do outro, não se dirigindo nenhuma palavra, nenhum olhar, a ponto de ser difícil dizê-los ligados de alguma maneira e de eles se tornarem suspeitos, sem que se saiba exatamente do quê, mas suspeitos mesmo assim, de cometer, fingir ou tramar alguma coisa.

Num carrossel protegido por uma tenda vermelha e amarela, pôneis já arreados dormitam, emanando um cheiro de suor, esterco, couro rasgado. O filho fica para trás passando a mão na crina de um deles, de pelagem baia clara, cavidades orbitais fundas, garupa ossuda. Seu olho ciliado devolve o reflexo convexo do menino inclinado sobre ele e o céu cinzento atrás dele, e o menino percebe o total entorpecimento, a renúncia do animal que, com o pescoço baixo, repousa seu peso na pata anterior esquerda, na espera indefinidamente repetida dos pequenos cavaleiros que surgirão às primeiras horas da tarde.

O pai aguarda atrás dele, com as mãos nos bolsos da jaqueta, até que o filho se cansa de acariciar o rocinante empoeirado. Eles continuam a subir a alameda do parque de diversões, com uma indiferença recíproca. O pai caminha numa passada ampla e desencantada, o filho segue num passo mais lento, levando o olhar de uma atração a outra.

O homem avista os carrinhos bate-bate ainda estacionados na pista de metal escuro, suas cores distintas, suas carrocerias cintilantes brilhando na penumbra, depois o teto com uma lona amarela e as rampas de acesso em chapas de aço texturizado. Ele volta para o filho um rosto radiante e o incita a apertar o passo.

O menino espera ao lado do brinquedo enquanto o pai conversa com um homem ocupado em ligar os cabos numa central elétrica; a pança peluda dele se projeta para fora entre um jeans gasto e uma camiseta Levi's que toca o alto de suas coxas. O filho adivinha que se trata do proprietário do bate-bate quando o pai aponta para ele com a cabeça. O pai tira dos bolsos algumas cédulas amarrotadas que o dono do brinquedo olha por um instante, assentindo a suas palavras sem tirar os olhos do filho. Ele pega as notas, se apoia na central elétrica para se levantar, com os movimentos obstruídos pela barriga, e se afasta na direção de uma pequena cabine de metal dourado, de onde ressurge um instante depois, com um punhado de fichas na mão.

O pai bate em seu ombro como se eles agora fossem bons amigos, ou tivessem feito um acordo lucrativo, depois volta até o filho, triunfante.

— Ele vai abrir para nós!

O brinquedo se ilumina por inteiro, tirado de seu torpor de naufrágio, a armação de metal é percorrida por um frisson, transfigurada pelas luzes multicoloridas, e os alto-falantes dispostos nos quatro cantos da pista emitem uma música disco cujos baixos atravessam o corpo inteiro do filho, como uma explosão que faz seus ossos vibrarem e seu coração bater no contratempo.

O pai pula com agilidade sobre a rampa de aço, seus passos batem num estrondo metálico e o menino sobe atrás dele, ajudado por alguns degraus altos de uma escada feita do mesmo metal fosco. Eles se instalam num dos carros escolhido pelo filho por sua lataria azul-escura, o pai sentado ao volante, ele à sua direita no assento de espuma de poliuretano preto.

O pai insere a primeira ficha e o carro desliza sobre a pista atravessada por luzes estroboscópicas que colorem seus rostos com brilhos vermelhos, azuis e amarelos. O filho logo é tomado de vertigem, o parque de diversões em torno deles se funde a um segundo plano de linhas fugidias e reflexos de cores indistintas.

A música tonitruante continua a bater em seus tímpanos e sob sua pele. O menino se agarra com firmeza à carroceria do carro, o braço do pai toca seu braço e quando este dá um giro no volante seu peso cai sobre ele. O menino sente o cheiro de couro e cigarro de sua jaqueta, seu hálito acre de tabaco quando ele ri ou grita. A presença física do pai, a densidade de seu corpo ao lado dele e a certeza de sua existência, de seu retorno, não lhe parecem mais tão obscuras e ameaçadoras.

Alguma coisa cede dentro dele, uma reserva, um temor, que o leva a se entregar aos movimentos do carro, a buscar furtivamente o contato do pai, de seu braço sob a jaqueta espessa, numa ínfima, hesitante e desajeitada tentativa de lhe demonstrar seu afeto — ou o que ele imagina ser o afeto de um filho esperado por seu pai, de um menino pelo homem, pelo estrangeiro que lhe foi bruscamente designado como sendo seu pai.

Ele gostaria de compartilhar um pouco de sua alegria e imita a ternura que em geral demonstra à mãe, transpondo-a para o pai, com a presciência desse embaraço e desse incômodo, que guiam desde sempre as manifestações dos sentimentos entre os homens, entre os pais e seus filhos.

E quando o homem passa o braço por cima dos ombros do menino, por trás do descanso de cabeça, dirigindo o carro com uma só mão ágil e segura, o filho tem a impressão de que conseguiu conquistar um pouco de sua consideração, talvez até de sua solicitude, que o pai, que alguns instantes atrás ainda representava para ele um bloco esotérico, hostil, se abre para ele, ou lhe indica com esse gesto envolvente que o reconhece e o deixa entrever o acesso a essa parte secreta que é seu coração solidamente enclausurado, inatingível, mas que agora também o protege.

Ele tem um assomo de orgulho; todas as coisas estão de repente em seu lugar nesse mundo cujo centro e ponto de equilíbrio seria justamente o carrinho bate-bate de lataria azul-escura cintilando no coração do parque de diversões deserto, no cinza do início da manhã, amortecida pelo tremor dos alto-falantes.

Nada lhe parece mais invejável do que ser ele e estar ali, sob os auspícios do pai.

***

A primavera chega, afiada como uma lâmina.

Uma manhã, eles descobrem a montanha abrasada por uma luz vibrante. O ar tem cheiro de terra pegajosa, trevo e ervas cheias de sumo. As pedras brilham sob o sol branco, incrustado num céu de um azul muito puro que o astro dissolve a seu redor.

Por toda parte se elevam cantos de pássaros, zumbidos de insetos, guinchos de animais invisíveis escondidos no que resta de sombra, no oco das raízes, no reverso das folhas perenes, na entrada do labirinto de tocas pacientemente cavadas ou arduamente conquistadas, dissimuladas ao olhar por um talo vergado.

Propulsionada aos galhos das árvores, a seiva faz eclodir milhares de brotos cujas escamas caem, ínfimas, silenciosas, revelam a carne glauca das folhas que se abrem e cravejam os ramos de um verde intenso.

A floresta, hostil e nua ainda na véspera, se orna de curvas vaporosas, de sombras mescladas que a fazem parecer menos temível. Na vastidão das campinas, as flores se abrem, com sua

infinidade de nuanças, de corolas abertas; os insetos poliniza-
dores zumbem furiosamente de uma em uma, inebriados de
néctar. O vento sopra nos ramos dos pinheiros, levanta nuvens
de pólen amarelo que enchem o céu e se precipitam em rajadas.

No segredo de troncos apodrecidos, ninfas preparam sua
transformação; por toda parte se eleva o exército dos seres mi-
núsculos — turbas fervilhantes, rastejadoras, laboriosas — ata-
refados na misteriosa empreitada que os ocupa dia e noite.

Como os arredores se tornam familiares, o filho se aventura
cada vez mais longe. Ele já não teme a ameaça do urso. Já não
sente pesar sobre si da mesma maneira o olho profundo da floresta. A montanha parece ter aceitado sua presença e agora o
contempla com uma plácida atenção.

Quando ele atravessa as campinas, pássaros pousados nos talos das gramíneas que debicam alçam voo às dezenas, assustados
com sua passagem. O filho abre trilhas na vegetação, ao sabor de
suas idas e vindas, cria um labirinto conhecido apenas por ele.

Penetrando no bosque, descobre num declive uma velha
nogueira quase morta, de raízes grossas, entre as quais uma
cavidade, talvez aberta por um animal ou um desabamento do
terreno, forma um nicho escuro. Depois de examiná-lo por
um bom tempo, dividido entre a curiosidade e o medo de ficar
preso, o menino consegue deslizar para dentro dele.

Com os joelhos no peito, a cabeça apoiada na curva luzidia de
uma raiz, contempla a abóbada sustentada pelo tronco da árvore,
as paredes de terra ocre onde afloram pedras lustrosas. Ele cochila em meio a um perfume de argila e madeira morta, tomado
pela sensação de ser protegido pela árvore, de ser um com ela.

Ao longo de suas explorações, estabelece uma cartografia mental do lugar. Depois de meia hora de caminhada da casa em direção ao vale, visita a ruína de um curral, onde, sob o telhado

desmoronado, vive uma colônia de morcegos-negros que alçam seu voo tremulante no rubor do crepúsculo. Também encontra, engolida pelos espinhos, a entrada de uma antiga mina de extração de ferro, diante da qual fica petrificado, perscrutando a escuridão do buraco do qual escapa um ar pegajoso e frio. Ele atira uma pedra mas a mina não lhe devolve nenhum eco.

À noite, o pai lhe conta a história da Perna Crua, um bicho-papão que ronda à noite, rapta e devora as crianças e os imprudentes que se demoram na montanha depois do pôr do sol. Ele descreve uma perna avulsa, arrancada há muito tempo do corpo de um morto, e provida de um olho na altura do joelho. Talvez, diz o pai, seja lá onde ela more, nas profundezas insondáveis da antiga mina, no meio dos ossos de quem já conseguiu arrastar lá para dentro.

Como ela consegue se alimentar, pergunta o menino, se é somente uma perna com um único olho?

O pai dá de ombros, responde que ela deve encontrar uma maneira, esconder a boca e os dentes em algum lugar, devorar as crianças como uma serpente engole a presa, e o filho estremece de medo, pois a existência da Perna Crua esperando a noite no fundo da mina lhe parece estranhamente mais provável do que a do urso contra o qual o pai o preveniu. A partir de então, ele evita com cuidado o caminho da mina e volta para casa assim que o sol começa a declinar atrás da linha escura das árvores.

Mais adiante para o oeste, subindo para os picos, em encostas relvadas, ele descobre a presença de um rebanho de atarracados cavalos mérens, de pelagem reluzente.

Um velho bordo-sicômoro de galhos cobertos de líquen os protege: a terra ao pé dele está amontoada, o tronco da árvore desprovido de sua casca. Os cavalos provavelmente pertenceram ao Homem em outros tempos, mas parecem ter voltado ao estado selvagem. Alguns nós avolumam suas crinas, seus cascos não levam ferraduras, se alguma vez as tiveram, e estão rachados. Um deles perdeu um olho. De sua pálpebra fechada de longos cílios escuros escorre sobre a bochecha uma lágrima na qual vão beber os enxames de moscas.

Entre eles, uma égua amamenta um potro de pelagem clara, ainda frágil sobre suas patas. Quando vê o menino pela primeira vez, o garanhão caolho relincha e o rebanho se afasta num trote constante até o extremo oposto da campina. O menino avança até a sombra dourada do sicômoro, sob o cheiro suave dos cavalos, do chão cheio de esterco e dos buquês de líquens aquecidos pelo sol. Ele passa a mão no tronco, nas curvas da madeira desnudada pelas mordidas e coçadas do rebanho.

Apesar da excitação de sua descoberta, levado por uma indefinível apreensão, ele deixa de mencionar os cavalos ao pai ou à mãe. Mas volta para lá com frequência, quase sempre à mesma hora e, pouco a pouco, os cavalos se acostumam a sua presença, fogem apenas indolentemente, sem convicção, se mantêm à distância e espreitam seus movimentos.

O potro avança, tremendo, prestes a pular para longe. O menino logo consegue colocar a mão em seu chanfro, seu focinho, sentir seu hálito úmido e quente no oco de sua mão.

Ele passa longas horas perto do rebanho, encostado no tronco do sicômoro, limpa os flancos com uma escova de vassoura trazida de Les Roches e as pelagens e crinas desembaraçadas voltam a brilhar nos últimos minutos do dia, quando o sol engolido pela linha dos picos deixa cair sobre a encosta um último feixe de luz.

Ele os nomeia e fala com eles na voz universal das crianças que se dirigem aos animais. Conta sobre a vida em Les Roches, com o pai e a mãe, as excursões pela montanha, os percursos secretos e os esconderijos, a sombra escondida da Perna Crua, o urso que ronda.

Os cavalos o ouvem, conciliadores, até que ele se canse de seu silêncio ou não tenha mais nada a dizer e se afaste, devolvendo-os à sua vida secreta, longe do olhar dos homens, ritmada pelos dias e pelas noites da montanha.

A mãe o acompanha com frequência para uma longa caminhada, ao sabor das deambulações do menino, que ela segue sem nunca se impacientar. Ela aceita os desvios, as paradas durante as quais ele contempla a teia orbicular de uma aranha-de-prata de abdome estriado, ou brinca com uma cobra-de-vidro que parece um bronze lustrado à luz do sol, enrolada na palma de sua mão.

Juntos constroem uma cabana, passam horas emaranhando galhos no bosque, vedando com folhagens o menor interstício. Eles deitam dentro dela e conversam, seguem com o olhar as manchas de luz que salpicam as folhas, seus rostos, suas mãos e seus braços nus.

— Você está feliz aqui? — pergunta um dia a mãe à queima-roupa enquanto descansam na concavidade de terra fresca que o filho pacientemente limpou para delimitar o território da cabana.

Não tendo nenhuma ideia precisa sobre a natureza da felicidade, ele assente e vê passar pelo rosto da mãe a expressão de uma vaga desilusão, como se ela secretamente esperasse outra resposta. Ou talvez fosse apenas uma leve variação de luz, pois ela diz "tudo certo, então", se inclina sobre ele e deposita um beijo em cada uma de suas pálpebras fechadas.

É também com a mãe que ele descobre a origem do rugido no coração da floresta, que ele a princípio havia tomado pela voz da montanha.

Seguindo o leito pedregoso de um antigo curso de água ladeado por samambaias sombreadas, eles chegam a um canal em cujo fundo espuma uma correnteza margeada por pés de ruibarbo-dos-monges. Grandes rochas recobertas de musgo retêm a água viva e negra à sombra das árvores enquanto ela desce a encosta, ora contida por uma obstrução rochosa, ora desaguando seu curso borbulhante em terraços e piscinas, onde se demora apaziguada, translúcida, abundante de feixes de luz e pedaços de céu.

O filho deixa suas roupas na forquilha de um galho, avança de cueca sobre as pedras, com os braços esticados para se equilibrar, enquanto a mãe se despe. Ela o besunta de protetor solar, eles entram na água com a mesma prudência e riem da mordida do frio em seus tornozelos. Eles ficam de mãos dadas à medida que mergulham na água, cuidam para pisar na parte plana de seixos cheios de musgo.

A luz fragmentada pelos galhos das árvores e refratada pela vibração da corrente salpica a pele branca da mãe, o oval cheio de seu ventre, o inchaço de seus seios de largas aréolas escuras. Sob o algodão molhado de sua calcinha, à medida que eles afundam na água, o filho adivinha os pelos escuros, a saliência do sexo.

Ela nunca sente um pudor inútil diante dele. Considera o corpo do menino o prolongamento natural do seu, toma banho em sua presença sem constrangimento, lava o meio das pernas no bidê, onde às vezes deixa de molho durante a noite, numa água ensaboada e logo rosada, suas calcinhas manchadas de sangue. Ela faz xixi de porta aberta e se limpa com dois quadradinhos de papel higiênico rapidamente dobrados um sobre o outro, sem deixar de conversar com o filho, cada um desses gestos realizado com igual despreocupação, infringindo os princípios jamais enunciados da educação recebida de sua própria mãe, segundo os quais o corpo só deveria ser reprimido, privado, vergonhosamente dissimulado ao olhar, desprovido de toda sensualidade — a carne áspera de sua genitora sempre encerrada em saias estritas que nunca subiam acima do joelho, camisas abotoadas no pescoço e nos punhos, as pernas contidas no tecido opaco de invariáveis meias beges, tanto que ela se parece com uma burguesa provinciana de fortuna familiar dilapidada, da qual sua única herança teria sido um guarda-roupa austero e antiquado, ou, de maneira anacrônica, com uma governanta, com uma severa professora do pós-guerra.

Tudo no corpo da mãe se opôs ao da avó: suas formas cheias, sua pele macia, seus cabelos pintados de hena que ela não penteia e deixa secar ao ar livre depois do banho, seu próprio cheiro. Ela usa desde a adolescência um perfume inebriante com notas de baunilha e patchuli que fica em suas roupas, seus travesseiros, e se mistura ao odor de seus cigarros.

Ela se veste indiferentemente com velhas calças de moletom e blusões largos, depois, com a chegada do verão, com regatas decotadas, vestidos e túnicas de algodão que usa sem sutiã. Na maior parte do tempo parece não prestar verdadeira atenção a sua aparência, ou ter consciência de seu encanto natural: sua alegria, sua negligência tempestuosa, seus ataques de melancolia, que a tornam bruscamente sombria, revelando as correntes profundas de sua alma.

Depois ela começa de repente a maquiar os olhos, a pintar as unhas, a passar em revista as roupas guardadas no armário, nas caixas. Contempla seu reflexo no espelho de corpo inteiro do quarto, apalpa o contorno das nádegas, dos braços, sopesa os seios. Quer saber se o filho a acha bonita, se casaria com ela. Ela lhe pergunta, como a seu jogo de tarô, se ele pensa que ela logo encontrará alguém para amá-la e se o amará de volta. E quando o menino assente, ocupado colocando em seus punhos e dedos as pulseiras e anéis que ela espalhou sobre o tampo de madeira laqueada de uma penteadeira, ela lhe lança um grande sorriso afetado, desfila alguns passos no carpete puído do quarto, se detém e se torna subitamente silenciosa.

Tira os brincos que colocou nas orelhas, guarda os penduricalhos no pequeno porta-joias, deixa-se cair sobre a colcha e acende um cigarro:

— Ah, mas não estou nem aí — ela diz, soltando a primeira baforada para o teto —, você é meu homem.

Ela se abaixa tremendo na correnteza que circunda seu peito e lhe corta a respiração. Seu reflexo vibra na superfície da água. As mãos e os pés de ambos ficam adormecidos. Eles se instalam sobre as rochas, sob um feixe de luz. Nenhum dos dois fala. No lugar em que se encontram, precisariam elevar a voz para cobrir o rugido da correnteza. As folhagens imóveis se sobrepõem acima deles num degradê de verdes e fervilham de pássaros febris.

A mãe está deitada de costas, com um braço atrás da cabeça, uma mão sobre o ventre. Vira o rosto para o menino, que empilha pedras para erigir uma barragem num ponto calmo do curso de água.

Ela o vigia como uma loba a seu lobinho, indolente, sem medo. A água se choca placidamente ao obstáculo erguido pelo filho, o contorna, corre entre suas pernas e desvia seu curso. Uma claridade oblíqua ilumina os troncos nodosos, os estratos ondulantes das folhagens. O ar cheira a pedra molhada, vegetação em decomposição, casca aquecida.

O céu se cobre atrás dos picos, uma sombra se estende sobre a correnteza e os lábios do filho ficam azulados. A mãe fricciona rapidamente seus braços e suas costas para reaquecê-lo antes de eles voltarem a se vestir. O menino pena para vestir a camiseta de colarinho estreito demais e ela precisa ajudá-lo puxando a roupa, que o deixa com as orelhas avermelhadas e uma marca de costura na testa.

— Você está crescendo rápido demais — ela diz. — Não pode esperar um pouco? Não precisa se apressar desse jeito.

A água que ainda gotejava da pele do menino escurece o algodão da camiseta em alguns lugares. Eles pegam o caminho de volta. À medida que avançam sob a abóbada azulada dos pinheiros, o rosto da mãe se fecha e ela parece de novo presa a um humor sombrio. Acima deles, quando deixam o bosque, o céu é atravessado por nuvens carregadas e baixas. A campina irradia calor.

O filho estende uma mão na direção da mão da mãe. Ele envolve a ponta dos dedos dela com a palma da sua mão, mas ela não parece se dar conta.

O pai delimita um espaço de uma centena de metros quadrados, com orientação sul, perto da casa, que pretende transformar em horta. Agachado, ele estende no chão do anexo, sob os olhos do filho, sachês de grãos de tomates, abóboras, pepinos, pimentões, e também estragão, levístico, orégano; tudo aquilo que, ele explica ao menino, é capaz de crescer nessa altitude numa terra ácida e pobre, e de lhes fornecer em abundância, com a chegada do verão, alimentos frescos que possam armazenar.

Ao primeiro golpe, o fio de sua enxada acerta um bloco de granito solidamente enterrado. Ele empurra com a ponta do pé o pedaço de terra levantada, desnuda um pedaço de pedra cinzenta que encara por longos segundos e retorna ao anexo.

Quando volta, o cabo de uma picareta repousa em seu ombro. Ele a posiciona no lugar exato em que se encontrava alguns instantes atrás, levanta a ferramenta acima da cabeça e a deixa cair com toda a força, deslocando o bloco de granito. Ele se agacha, pega um fragmento que sopesa com a palma da mão e atira para o lado.

Começa então a golpear sem parar, revira com grande dificuldade o solo avaro, recalcitrante. A cada golpe, ou quase, ele precisa se abaixar, arrancar um pedaço de rocha. Atira-o furiosamente e uma pilha começa a se formar, da qual as pedras rolam, empapadas com a argila que não demora a sujar suas mãos, seus antebraços e as pernas de suas calças.

Ele tira a camiseta encharcada, a amarra em volta da cabeça, revelando ao olhar do filho seu peito pálido. Seus tendões, seus músculos e seus ossos salientes se movimentam sob a pele. Com as costas e os flancos estriados de suor, ele parece um animal de carga castigado pelo sol. Pelos escuros saem da calça que cinge sua cintura e sobem em linha estreita por seu ventre, na direção do umbigo, da saliência umbilical sob uma dobra de pele.

O menino tem a impressão de que o pai um dia esteve ligado ao corpo de uma mulher sobre quem ele nada sabe, que o pai provavelmente descansou em seus braços — então vulnerável, inofensivo —, que se alimentou em seu seio, e que nada permitia prever o surgimento daquele corpo laborioso, lançado com súbito furor sobre aquele pedaço pedregoso de montanha.

O filho nota também no flanco esquerdo do pai uma cicatriz que percorre a pele por cerca de vinte centímetros, sobe diagonalmente na direção da escápula, como se ele tivesse sido atingido por uma lâmina e esta, ricocheteando no osso, tivesse desviado sua trajetória. A epiderme nesse lugar tem o aspecto liso, semelhante à pele de um recém-nascido ou de uma pessoa queimada.

Fascinado, o menino fica um bom tempo sem conseguir desviar o olhar, e quando o pai se detém para passar o dorso de uma mão na testa e acender um cigarro, nota o olhar do filho sobre a cicatriz, mas não diz nada.

Ele parece ter colocado na cabeça se medir com aquele pedaço de terra cuja resistência seria uma afronta, extrair a todo custo tudo o que fosse um obstáculo a seu projeto, ou descarregar a cada golpe de picareta uma cólera cega, de causas misteriosas para o menino.

A mãe lhe traz água. O pai pega a garrafa, bebe com avidez, lava o rosto virando um pouco de água na palma da mão. Gotas ficam presas em seus cílios, nos pelos abundantes de sua barba. Um vaso sanguíneo se rompe em seu olho esquerdo e mancha sua pupila com um brilho vermelho, mas ele não percebe e volta a golpear, com o rosto e o tronco pingando.

A mãe e o filho se mantêm à distância, ela desconfiada e desamparada, ele agachado, concentrado, triturando o solo com a ajuda de um bastão mas erguendo constantemente os olhos na direção do pai, da mesma maneira que vigiaria um animal imprevisível. A mãe pede ao menino que fique na sombra. Ela acaba voltando à casa, se detém por um momento, vira-se na direção deles e desaparece na quina do edifício.

O dia passa, estira a sombra da pilha de pedras que a cada hora se eleva um pouco mais. O sol queima as costas, os braços e o peito despidos do pai, mas quando o filho se arrisca a lhe oferecer ajuda e pega a enxada, o homem lhe faz sinal para que se afaste, com um gesto seco, apontando para o perímetro do pedaço de terra.

Com a chegada do fim da tarde, sob um céu crepuscular, desimpedido como uma ferida aberta, ele continua a golpear, com a fronte e pupilas banhadas pela luz avermelhada e, mais tarde ainda, quando a abóbada celeste se constela e a floresta repousa na penumbra azul, o pai puxa uma extensão do anexo, liga um projetor que lança sobre o local da horta um feixe branco e cru que devora a noite, e continua a golpear.

A mãe e o filho jantam sozinhos. Ela mal toca em seu prato, rói a unha do polegar enquanto olha para o filho comer, com o ar preocupado que enruga o espaço entre suas sobrancelhas.

Depois de colocar o menino na cama, ela leva um prato para o pai.

— Você devia comer alguma coisa — ela diz. — Não quer parar e continuar amanhã?

— Não — ele responde entre os dentes.

Ela observa o pai, sua silhueta aureolada por nuvens de insetos esvoaçando em todos os sentidos, desalinhada, descarnada

sob a luz halógena que acentua os sulcos de suas costelas, as sa-
boneteiras de suas clavículas, suas órbitas profundas.

Sua sombra se estende desmesuradamente, apresenta uma
visão sua de membros desproporcionais, um duplo maléfico
que se despregaria dele e o perseguiria, imitando seus gestos,
cada golpe com a ferramenta, cada pedra lançada, de uma maneira exagerada, aterrorizante.

A mãe estremece, envolvida pelo frescor da noite, coloca o
prato sobre uma pedra plana e volta à casa num passo apertado.

Ela fica acordada por um longo tempo na cama, os ouvidos
atentos para o zumbido do gerador que chega pela porta entreaberta do anexo. Quando acaba adormecendo, cai num sono agi-
tado, povoado de formas hostis.

Às primeiras horas da manhã, o pai entra no quarto.

Ele se despe, apoiado com uma mão na parede, e desaba ao
lado dela. Ele fede a suor, terra, exaustão. Deitada de lado, ela
contempla seu perfil inerte, as primeiras rugas imundas que ris-
cam sua fronte e o canto de seus olhos, o movimento dos globos
oculares sob as pálpebras fechadas, o sopro das expirações cada
vez mais profundas. Bolhas apareceram em suas mãos e escorrem sobre as almofadas de suas palmas enlameadas.

Ela espera que ele tenha adormecido para se levantar, junta
as roupas sujas, abandonadas no chão, e sai do quarto na ponta
dos pés.

Quando sai da casa, a montanha fértil e negra ainda descansa
na aurora molhada de orvalho e rasgada pelo canto dos pássaros.
O ar cola em sua pele como uma língua úmida. Ela caminha até o
espaço da horta. A grama molha seus tornozelos nus. Contempla
a terra revolvida, a imponente pilha de pedras erguida como um
moledro sinistro. Alguma coisa cresce dentro dela e a submerge,
a sensação de um destino traçado apesar dela e com um curso que
não saberia desviar.

Acima dela, no céu agora pálido, um falcão peregrino solta um grito que é devolvido pela montanha.

***

Depois de usar todas as fichas, eles deixam o bate-bate e percorrem em sentido inverso a única alameda do parque de diversões, molhada por uma nova chuva que não notaram no vertiginoso rodopio do brinquedo.

A velha de longos cabelos brancos e a criança de nariz cheio de ranho desapareceram. Os homens acabaram de abrir as atrações e alguns visitantes agora vagueiam de uma opção à outra, por insatisfação ou por curiosidade.

O pai compra churros. Eles se sentam na borda de um canteiro pobremente plantado. O filho segura nas mãos o cone de papel sujo de óleo no qual estão os churros ainda fumegantes. O pai acende um cigarro, olha para o filho pegando com a ponta dos dedos um primeiro churro que suja seus lábios e seu queixo de açúcar.

— Durante todo esse tempo que não estive aqui, como ela fez? — ele pergunta sem mais nem menos. — Ela deve ter tido alguém para ajudá-la de vez em quando, não, com a casa e tudo? Para lhe fazer companhia?

O filho lança um olhar ao pai antes de parecer se perder na contemplação do cone de papel, da massa dourada e luzidia dos churros, do brilho dos cristais de açúcar.

— Vamos — insiste o pai. — Você pode me dizer. Conheço sua mãe. Conheço melhor do que ninguém. Ela definitivamente não é do tipo que fica sozinha por tanto tempo. Não é do tipo que espera por tanto tempo.

Ele traga o cigarro, forma um círculo branco que se eleva diante deles e desaparece no ar cinza, expira a massa disforme da fumaça ainda contida em seus pulmões. Um pequeno monte de cinzas cai sobre o tecido de seu jeans, ele o tira num gesto distraído, negligente, estranhamente feminino, com o dorso das falanges de seus dedos.

— Ela deve ter tido outros homens, não? Me diga quem você já viu visitá-la.

O filho pega um pouco de açúcar com a ponta do indicador e o leva à boca. Com a ponta da língua, sente a solidez granulosa e assim que os cristais se dissolvem, o sabor do óleo de fritura que enche sua boca de saliva. Ele se contorce no lugar, se prepara para pegar outro churro no cone de papel branco quando a mão do pai pousa sobre seu punho para deter seu gesto, com seus longos dedos de cartilagens salientes, sua palma fria e seca.

— O tio Tony — diz o filho assim que o pai o toca, com uma voz que ele gostaria desenvolta, menos apressada, átona, mas que brota de seus lábios num sopro, com o fervor seco de uma confissão.

Ainda que não tenha nenhuma ideia da resposta esperada pelo pai, nem a consciência de lhe revelar um segredo que possa prejudicar a mãe, ele sente, no exato instante em que sua língua toca seu palato para formar o nome do tio Tony, a confusa e no entanto lancinante convicção de tê-la traído.

O tio Tony não é tio do menino.

Não está ligado a ele por nenhum laço de sangue. O tio Tony é um dos homens que aparecem na fotografia da caçada conservada pela mãe numa caixa de sapatos, na profundeza secreta e perfumada de uma gaveta da cômoda do quarto agora vazio, no primeiro andar da casinha operária.

Ele é aquele que, de cabelos e barba loiros, olhos claros, peito inflado, ofuscado pela fumaça de seu cigarro, passa um braço em torno dos ombros do pai e cujo punho o pai agarra com a mão esquerda, da mesma maneira que este segurara o punho do filho um instante atrás — na foto, porém, sem intenção de pressionar o homem, de obrigá-lo ao que quer que seja, segurando-o apenas com um aperto suave, bondoso, afetuoso —, seus punhos entrelaçados repousando sobre seu peito na altura do coração, de modo que se entende só de olhar a fotografia que uma cumplicidade especial os une.

Desde que consegue se lembrar, o menino o chama de tio Tony. Até onde vai sua memória, o tio Tony sempre existiu em sua vida e na da mãe, aparecendo em certos períodos, se afastando em outros, nunca tanto quanto o pai, nunca de maneira que um deles pudesse acreditar numa partida definitiva, mas sempre presente de tempos em tempos, encontrado ao dobrar uma esquina do centro, na cozinha na companhia da mãe, ao voltar da escola, instalado à mesa da sala enfumaçada apesar da coifa zumbindo a todo vapor, uma caixa de ferramentas deixada no assento de uma cadeira, os cinzeiros cheios diante deles atestando as horas passadas a conversar — sobre o quê, o menino ignora —, e o olhar que os dois lhe dirigem quando ele se mantém no marco da porta, com a mochila no ombro, a mãe voltando a uma realidade da qual teria conseguido fugir por um instante, tirada de um sonho do qual emergiria respirando fundo, um pouco envergonhada, animando-se bruscamente, tirando os cinzeiros da mesa, as xícaras de café que se acumularam, e o olhar dele, Tony, lavado, dois buracos de água clara delimitados por olheiras escuras, seu rosto anguloso, sempre pálido, carcomido por uma infinita tristeza ou um eterno arrependimento de razões impronunciáveis e reavivadas pela simples visão do menino.

O tio Tony, diz um dia a mãe, numa das raras ocasiões em que confia ao filho as lembranças que guarda a respeito do pai, era um dos mais antigos amigos dele.

Ela conta ao menino que os dois eram inseparáveis, sempre dispostos a aprontar, caminhando abraçados como unha e carne (ela diz: como cu e calça), o loiro de pele diáfana — uma veia saliente em cada uma das têmporas —, avaro em palavras, lábios vivos e carnudos, perdidos sob o claro emaranhado de sua barba, olhar penetrante, pronto para sondar o fundo da alma, e o moreno tempestuoso, hirsuto, indomável, sempre pronto para trocar socos à saída dos bares e cuspir o próprio sangue.

O pai parecia ter descido da montanha com a única perspectiva de brigar com a cidade e tinha encontrado — ou acreditado encontrar — em Tony um alter ego, um duplo em negativo, ao menos um companheiro de bebedeira, de bailes de vilarejo batendo na noite como um coração secreto, de acertos de contas sob o brilho sujo de postes de iluminação ou de auroras embriagadas, de corridas ao volante de um 405 GTI, de um Polo G40 (às vezes de um Audi Quattro ou de um Toyota MR2 roubados) nas estradas em ziguezague dos passos de montanha, com os faróis projetando sua luz crua ora sobre falésias abruptas, ora sobre vertiginosos blocos de escuridão.

A mãe diz que o que ele queria era viver perigosamente, que ele não se cansava de tentar o diabo. Era a ideia que fazia da liberdade, de emancipação, talvez fosse com a vida, no fim das contas, que ele quisesse se medir — a cidade nunca fora mais que o cenário de sua revanche, mais tarde de seus danos colaterais —, para recuperar o tempo que estimava ter perdido lá no alto, sob a autoridade inflexível, aniquiladora, de seu genitor.

Ela também diz que o pai não era do tipo que se deixava enrolar, que era melhor pensar duas vezes antes de provocá-lo. Ele lhe parecia íntegro, com um fogo incessante. Brincava constantemente com seus limites. Envolvia-se com coisas nem sempre claras que chamava de seus "negócios" e que ela nunca soubera exatamente do que se tratava.

Ela lhe dizia que ele acabaria atraindo problemas, mas ele ria na cara dela, por orgulho ou bravata.

Ela diz:

— Tomei sua raiva, sua violência e sua avidez por paixão. Me enganei.

Embora o filho ouça a voz da mãe, embora a voz da mãe forme em sua mente imagens, invoque carros atravessando a noite, silhuetas intrépidas, ele não entende exatamente do que ela fala — ela se dirige a si mesma, na verdade, mais que ao menino, talvez para ver se as palavras, uma vez pronunciadas, têm um sabor particular e podem deter o avanço do mundo ou conjurar os fantasmas do passado —, e ele esquece portanto as vezes em que, ocasionalmente, ela fez confidências em sua presença, lhe contou anedotas, detalhes da juventude dela e do pai e de suas vidas compartilhadas, que lhe teriam permitido, se ele os tivesse retido, formar uma imagem do pai, reforçar o esboço frágil de sua lembrança, superpor às duas fotografias da cômoda uma outra memória, ainda que também totalmente fabricada.

A menos que as palavras da mãe tenham se elevado no espaço do quarto e, depois de terem permanecido em suspenso por um instante acima deles, o tenham alcançado enquanto ele estava ocupado brincando no tapete com a pista automotiva ou contemplando os penduricalhos emaranhados no porta-joias. Talvez elas tenham mergulhado até o fundo de sua pessoa para ali se sedimentar, de modo que, mesmo sem se lembrar delas, ele ainda assim se lembre, mas das profundezas de uma memória primordial, indizível.

Ele esquece e o que lhe resta é a certeza de que o tio Tony conheceu o pai, que inclusive foi muito ligado a ele — ainda que o filho fosse incapaz de definir a natureza dessa ligação se essa pergunta lhe fosse feita.

Dessa proximidade anterior, dessa misteriosa cumplicidade, ele concebe um fascínio, um respeito quase sagrado, com o qual aureola o tio Tony como se ele tivesse voltado de périplos longínquos e exóticos, tivesse sobrevivido a uma guerra ou realizado alguma façanha.

O buraco negro criado na vida do menino pela ausência do pai — pelo não dito reinante sobre essa ausência — estende sobre o tio Tony um pouco de sua influência, de seu magnetismo, de sua força de atração, e ao menino parece que seja possível subsistir nele, por remanescência, algo do pai.

Cada vez que o encontra, o filho estuda sua atitude, suas posturas, sua maneira de se manter na cozinha ou na sala com um nervosismo perceptível. Ele parece nunca se sentir totalmente à vontade, não saber o que fazer com o corpo, bater o pé sem parar, colocar as mãos nos bolsos para vasculhar o fundo, girar um cigarro entre o indicador e o dedo médio, e o menino se pergunta quais desses gestos ele imita do pai.

A mãe também, durante as visitas do tio Tony, fica à espreita; não do que encontraria do pai em Tony, mas de sua irrupção no cotidiano regrado, consagrado, quase litúrgico que ela divide com o menino, das ínfimas modificações que sua simples presença — seu corpo e seu cheiro masculinos, seu silêncio renitente — impõe à atmosfera da casa, redoma formada por perfumes domésticos e intenções maternas. A ausência do pai faz pairar sobre eles, se não uma ameaça distante, ao menos uma advertência, traça entre eles uma linha imaginária que age como uma barreira, um parapeito, se move com eles, se interpõe e os detém, conferindo a cada um de seus gestos, a cada uma de suas palavras, um significado mais grave.

O pai demora a mão no punho do filho. Quando ele o solta, o menino se apressa a morder a massa brilhosa, dourada e cheia de óleo de um dos churros, já que não pode engolir suas próprias palavras.

O pai passa a língua pelo canto quebrado do dente, desvia o olhar para fixá-lo num ponto à sua frente e leva mecanicamente um novo cigarro aos lábios.

— O tio Tony — ele repete em meia-voz, não para o filho, como se pedisse para confirmar o que ele acaba de ouvir, mas para si mesmo e sem surpresa.

Uma constatação desagradável, desencantada, talvez até esperada, que no entanto o faz engolir como se uma golfada de bile tivesse bruscamente subido à sua boca.

***

Em pouco tempo, o filho tem a impressão de que sempre viveram ali, em Les Roches. Ele não tem mais nenhuma noção de tempo. Os dias passados se fundem numa sequência de impressões, perfumes, imagens, luzes e sensações, sempre ligados à presença envolvente da montanha.

As auroras violetas se sucedem às noites cintilantes que o filho nunca viu tão puras, com seus astros incrustados numa escuridão perfeita. Ele às vezes fica na rua, à noite, no início do verão, em meio ao perfume das plantas fermentadas, quando a terra exala o calor acumulado ao longo do dia, às vezes atravessada por correntes de ar frio, e quando as trevas sussurram o farfalhar e os gritos agudos dos pássaros da noite.

Ele se senta longe da aura de claridade difusa que emana da casa, para contemplar a abóbada enegrecida onde brilham luzes de antes do mundo, sentindo sob si a presença da terra, a imensidão da terra. Pensa confusamente nas vidas que se consomem ao mesmo tempo e em todos os lugares, sabendo que uma criança caminha de pés descalços em algum lugar, que outra adormece numa cama profunda, que um cachorro agoniza na poeira à sombra de uma lona, que uma cidade brilha na noite de um país distante, que seres inumeráveis se movem animados por essa força misteriosa e peremptória que é a vida, que pulsa em cada um deles.

Ele também sente, inexplicavelmente, o grande movimento que arrasta a todos, inclusive a ele, imperceptível, no entanto vertiginoso, através do tempo e através do espaço, todas as vidas misturadas, homens e animais, e com eles as pedras, as árvores, os astros ígneos.

Desses instantes, guardará a lembrança de uma epifania, a convicção de ter sido marcado pela verdadeira natureza das coisas, que nenhuma língua, nenhuma palavra poderia dizer; no entanto, disso não persistirá mais que a impressão de um sonho, a sensação de que alguma coisa lhe tivesse sido dada e logo depois tirada.

A mãe sempre acaba aparecendo na soleira da casa para chamá-lo, sua silhueta arredondada recortada no retângulo luminoso da porta. Tudo se dissipa, então, engolido pela noite.

Depois de limpar o terreno pedregoso, o pai dorme até as primeiras horas da tarde.

Quando o filho se levanta, encontra a mãe sentada à frente da casa. Com o olhar fixo na linha distante da floresta, a extremidade dos dedos desenhando distraidamente um leve círculo sobre o algodão de sua camiseta na altura da barriga, ela a princípio não o vê.

Quando ela vira o rosto em sua direção, o menino entende que ela estava ausente de si mesma, que somente seu envoltório repousava ali, à luz do amanhecer, e que sua mente vagava além das copas douradas das árvores.

Ela o puxa para si, beija sua têmpora quente, tão perfumada quanto a barriga de um gato.

— Dormiu bem, raposinho? — ela pergunta.

O menino assente, esfregando os olhos, se deixa puxar e se senta no colo da mãe. Ela o envolve com seus braços, junta suas mãos às dele. Eles contemplam a montanha iluminada, o sol capturado e refratado pelo orvalho da manhã, como se em toda a vegetação tivesse se alojado algo irrisório e precioso ao mesmo tempo.

O filho sente a respiração da mãe em suas costas. Ela aperta os dedos e as mãos tremem um pouco. Ela lhe conta um sonho recorrente que teve durante os primeiros meses que se seguiram a seu nascimento.

Nesse sonho, diz, estavam os dois num jardim ou num parque, e ela via o filho à distância, mais velho do que era então, brincando num balanço.

— Eu não via direito seu rosto, mas sabia, sem sombra de dúvida, que era você.

Ela diz que tudo parecia feliz e tranquilo, mas que sentia pairar sobre o parque uma sombra, uma ameaça impalpável.

Ela via a estrutura do balanço tremer estranhamente, prestes a se desmembrar enquanto o filho se elevava cada vez mais alto nos ares, e ficava obcecada com a certeza de uma desgraça iminente.

Ela se levantava do banco em que estava sentada e começava a correr na direção dele. Uma corrida lenta, travada, em que sabia que não teria tempo de alcançá-lo, que o balanço cairia em pedaços inelutavelmente.

Ela diz que duas sensações contrárias coexistiam dentro de si naquele momento: um medo terrível diante da ideia da morte do filho, indissociável de sua culpa ("Eu pensava: tudo isso está acontecendo por culpa minha, unicamente por culpa minha"), e um imenso alívio: o de ver desaparecer, no instante em que a vida do filho lhe fosse retirada, toda obrigação, toda responsabilidade em relação a ele.

Ela também diz que pensava, no fundo de si mesma, no fundo dessa consciência fragmentada do sonho, que tudo acabaria com a morte do filho, que só lhe restaria deitar sobre aquela grama movediça e não temer mais nada, pois ela já não teria nenhum medo; o pior de todos lhe teria sido arrancado.

— Eu já não teria o dever nem a necessidade de estar viva para você.

Ela apoia o queixo no ombro do filho e ele sente a bochecha molhada da mãe contra a sua.

— Eu tinha me esquecido desse sonho — ela diz ainda —, mas ele voltou nesta manhã.

Quando o pai aparece, ele não dirige nenhuma palavra a eles. Ele sai da casa e vai contemplar o quadrado de terra lavrada, diante do qual se mantém imóvel por um longo tempo para ter certeza de que não sonhou, de que de fato conseguiu o que queria, depois mija despreocupadamente sobre o monte de pedras, volta para casa assobiando — um assobio que não é realmente um, a língua sobre o palato deixando sair um filete de ar, um sopro agudo e desafinado —, derrama um dos galões de água num balde e tira a roupa.

O filho o observa enquanto ele recolhe a água com as mãos unidas, a leva ao rosto, assopra e se sacode, se esfrega com força, derrama a água no topo da cabeça, se sacode de novo como um animal, leva a água às axilas pretas, à nuca e ao peito vermelho. Ele tira a cueca suja, expõe aos olhos do menino um sexo peludo que enxágua sem cerimônia.

Se a nudez da mãe lhe é familiar, incorpórea, a visão do corpo do pai lhe parece em contrapartida obscena e fascinante; ele não consegue desviar os olhos. O homem se ensaboa com o velho pedaço de sabão rachado que estava perto da pia. Bolhas cinzentas escorrem por suas costas, suas nádegas brancas, suas pernas peludas, e chegam à grama como espuma de cigarra.

Em seu braço, a serpente e a adaga estremecem, sustentadas pela rotação do bíceps. A tinta que o tempo espalhou pela epiderme ficou azulada, os traços se espessaram; ele parece ter uma grosseira tatuagem de marinheiro, de presidiário.

Ele se enxágua com o fundo do balde, que derrama sobre a cabeça, com o rosto voltado para o céu. A água escorre pela cicatriz em seu flanco. Ele se seca com as roupas sujas e então surpreende o olhar do filho sobre ele.

O pai passa a camiseta pelo rosto e diz:

— Eu tinha prometido que te ensinaria a atirar, não? Então se vista. Vamos dar uma volta.

Ele leva o menino em direção à fonte, aos declives graníticos, brilhantes sob o sol de julho, eriçados de lascas. Dessa vez ele o segue de perto enquanto caminham através da montanha exaurida pela luz, sob um céu incandescente.

Eles são absorvidos pela caminhada, mas o silêncio do pai na verdade está cheio de palavras, habitado por uma voz proveniente de suas profundezas, à qual a montanha inteira faria eco, ou então de seu exterior; uma voz sem idade, monótona, incorpórea, dispersa no éter, onde continuaria a existir.

E quando o pai começa de fato a falar às costas do filho, este não experimenta nenhuma surpresa; a voz parece ter precedido a si mesma, ter pairado sobre eles por muito tempo, talvez antes que tivessem saído da casa de Les Roches, antes que tivessem deixado a cidade para ir à montanha, tanto que ele poderia pronunciar as palavras em seu lugar, e o menino compreende, assim que a primeira palavra é formada por seus lábios, que o revólver e o aprendizado de tiro nunca passaram de um pretexto para que a língua do pai se encarnasse e se desenrolasse, visando apenas, tendo como um único alvo, o coração do menino.

O pai diz que só tem e sempre terá um único filho e que não é o pai da criança que a mãe carrega.

Ele diz que a mãe traiu não sua vigilância mas sua confiança, coisa ainda pior, pois ele nunca, durante todo o tempo que durou sua ausência, imaginou que ela pudesse um dia traí-lo. E se há uma coisa, diz ainda o pai ao filho — com uma voz átona, surda, errática —, se há uma coisa que um homem não pode tolerar é ser traído no amor.

O filho provavelmente é jovem demais para saber o que é o amor, jovem demais inclusive para ser capaz de imaginar o que é o amor, mas o pai o adverte para não acreditar em nada do que em geral se conta sobre o amor, nas mentiras, nas asneiras que sem dúvida enchem as páginas dos romances para donas de casa que a mãe lê com uma avidez doentia, complacente.

— E que talvez tenham corrompido a mente dela.

Não, continua o pai, naquele mesmo monólogo fantasmático, não se deve acreditar em nada disso, o amor sempre é animado apenas pelo desejo, o amor nunca é mais que o outro nome, este aceitável, dado ao desejo, em outras palavras à cobiça, e ele faz de tudo para conseguir o que quer.

O amor é uma doença, um vírus inoculado no coração dos homens, esse coração já doente, já apodrecido, já pervertido, corroído o tempo todo pela gangrena, e cujas profundezas seria inútil tentar sondar.

— Digo isto hoje para aquele que você se tornará amanhã: evite amar, nada de bom virá do amor.

Porque os homens, mais que qualquer outra criatura que povoa esta maldita Terra, nascem com esse vazio dentro deles, um vazio vertiginoso que estão sempre tentando desesperadamente preencher, pelo tempo que durar suas breves, insignificantes e patéticas passagens por este mundo, paralisados que ficam com sua própria fugacidade, seu próprio absurdo, e algo parece ter-lhes enfiado na cabeça a ideia descabida de que poderiam encontrar em um de seus semelhantes o necessário para preencher esse vazio, essa falta que preexiste neles.

— Como se enchessem com uma pazada de terra o buraco de uma cova.

É esquecer rápido demais que esta não tem fundo, diz o pai, que essa ferida aberta no coração dos homens nunca se sacia, nunca se cura.

Amamos e nos iludimos com a vida, amamos e acreditamos ter encontrado um sentido para tudo isso, uma razão, uma ordem para o caos, mas o amor na verdade nos infecta, corrompe nossa alma e nosso coração. Deveríamos amar tudo igualmente, ou não amar nada, pois colocar todas as esperanças num único ser tão falível, tão defeituoso, tão sorrateiro quanto um ser humano, que também carrega dentro de si o vazio de uma profundidade abismal, não passa de pura loucura.

— Não passa da expressão de uma total desolação.

E embora o pai diga tudo isso, ele admite não ter sido capaz de aplicar a si mesmo esses preceitos, pois se apaixonou pela mãe, sentiu um amor que ele diz absoluto, irremediável, e que ela portanto traiu, sendo-lhe infiel, optando por manter um filho que não é dele, cuja promessa já lhe constitui uma injúria mas cuja existência lhe será uma afronta ainda pior, indelével, uma humilhação todos os dias exposta a seu olhar e que lhe lembrará incansavelmente da traição da mãe.

Portanto, foi por isso que ele os conduziu a Les Roches, continua o pai numa voz rouca, agora quase apagada, alquebrada por sua própria respiração, sua própria fluência, enquanto eles penetram na sombra benéfica do bosque dos musgos, por isso ele os levou para longe da cidade. Para encontrar em si a força do perdão e oferecer à mãe a possibilidade de uma redenção.

Mas por mais que o pai procure nos últimos recursos de sua clemência, de sua mansuetude, não sabe se conseguirá perdoar a mãe, não apenas por tê-lo enganado — com a ajuda do tempo e o amor deles renascendo das cinzas, a lembrança talvez acabasse se esfumaçando e mesmo desaparecendo —, mas por lhe infligir a presença de uma criança para a qual ela sem dúvida espera que ele olhe como um pai; um pequeno bastardo que será a encarnação de sua deslealdade e uma facada desferida incansavelmente no orgulho do pai.

— Uma facada desferida incansavelmente.

Eles saem do bosque quando a voz se cala, dissolvida, evaporada pela luz. O filho chega a duvidar de que o pai tenha de fato falado, que tenha sequer rompido o silêncio depois que deixaram a casa, mas assim que percorrem alguns metros da grama amolecida pelo calor que lambe seus tornozelos nus, ele diz ao menino que espera seu apoio, o apoio de um homem a outro.

— Mas também e acima de tudo o apoio de um filho a seu pai.

Ele não lhe pede para se erigir contra a mãe, tampouco fala em fazer frente contra ela; todos devem trabalhar para preservar os laços que os unem; mesmo que estes tenham sido maltratados, mesmo que tenham se desgastado pelo tempo, pela ausência do pai, pela inconstância e pela deslealdade da mãe, para manter à tona, contra ventos e marés, a tripulação que eles formam juntos.

Não, se o pai lhe confia tudo isso, ele afirma, não é para fazer do filho um aliado numa vingança que visaria a mãe, mas por um senso de justiça.

— Acho que você já merece ser tratado como um adulto.

Ele crê que o filho está na idade de ouvir e entender essa realidade que pertence ao mundo dos adultos, um mundo em cujo limiar ele se manteve até então, ou em cujo limiar foi até então cuidadosamente mantido pela presença, pela influência, pela onipotência da mãe.

Mas o pai agora pretende tratá-lo de igual para igual, sem moderação, o filho um dia lhe agradecerá por isso, ele garante, e é por isso que lhe faz confidências, para que ele possa julgar, em sua alma e em sua consciência, o que o pai aguentou, o que o pai aguenta e ainda aguentará, os sentimentos contrários com que ele precisa lutar, a humilhação que lhe foi infligida e sua grande misericórdia.

— Com você a meu lado, eu talvez possa perdoá-la.

O filho assente, não para aprovar o que o pai diz, mas para que ele se cale, para que pare com aquela explosão de palavras enigmáticas das quais não entende nada, mas cujo sentido profundo o atinge e o marca como ferro em brasa.

E o pai se cala de fato, purgado de sua própria voz, agora refugiado num silêncio taciturno enquanto chegam a uma clareira rochosa, percorrida por arbustos frágeis, perto da fonte.

Com a testa molhada de suor, o pai se agacha na frente da mochila que carregava num dos ombros. Ele tira conservas, garrafas vazias e, sob o olhar atento do filho, se afasta para colocá-los a uma distância de cerca de vinte metros, ao pé de troncos calcinados pelo sol, sobre o platô de rochas pretas, incrustadas de mica.

O filho o segue com o olhar, obrigado a apertar os olhos pelo brilho das pedras. O calor reverberado é tal que ele tem a impressão de respirar seu próprio hálito, e quando o pai volta em sua direção, por um momento ele só distingue sua silhueta trêmula, recortada na paisagem.

O homem tira da mochila o revólver e as balas, carrega o cilindro, decompõe seus gestos sob o olhar do menino, sem uma palavra, sem erguer os olhos para ele, antes de lhe estender a arma.

O filho olha para o revólver, depois para o pai.

— Lembre-se do que eu disse.

O menino pega a arma, da qual tinha esquecido o contato morto e frio, o cheiro mecânico. O pai espera a seu lado, com as mãos sobre as coxas, uma paciência quase obsequiosa, recolhida, e o filho rememora as instruções previamente recebidas à luz de uma lâmpada sob o zumbido do gerador do anexo, levanta o revólver e mira num dos alvos instalados pelo pai.

Ele coloca o indicador ao longo do guarda-mato, com o polegar arma o cão, que clica no ar trêmulo seu mecanismo secreto, implacável, fecha o olho esquerdo para alinhar sua visão com a mira.

Ao longe, a garrafa de cerveja verdeja ao sol, trivial, projeta um orbe glauco sobre a pedra; tudo está calmo.

Ele coloca o indicador sobre o gatilho, retém a respiração e atira.

No instante seguinte, ele só enxerga o céu opalescente, aberto, preenchido por um assobio contínuo, depois a silhueta sombreada do pai que se inclina sobre seu corpo.

O coice do tiro o fez cair para trás, sua cabeça bateu no chão pedregoso e a arma repousa a seus pés. O pai lhe estende uma mão e o filho olha para ela, atordoado, antes de agarrá-la. O homem o levanta com uma força tal que ele logo se vê de pé, vacila enquanto o pai espana suas costas vigorosamente com o dorso da mão, falando numa voz quase inaudível, ao menos indecifrável, ainda coberta pelo assobio. O menino leva uma mão atrás da cabeça, sente com a ponta dos dedos um inchaço duro, indolor, entre os cabelos.

O pai o obriga a abaixar o queixo para auscultá-lo.

— Não foi nada — ele diz.

O menino ouve a voz novamente enquanto o assobio diminui e acredita ouvir o eco do tiro repercutido pelas pedras.

O pai se abaixa para pegar a arma, colocá-la de novo nas mãos do filho, mas dessa vez ele o envolve com seus braços, como fizera alguns dias antes na penumbra empoeirada do anexo, e guia de novo seus gestos, levanta a arma com ele, arma o cão com ele, mira com ele para a garrafa de cerveja intacta, ainda brilhando sua aura esverdeada.

Quando o indicador do pai aperta o gatilho, o filho fecha os olhos e o barulho da garrafa voando em pedaços acompanha

tão rápido a detonação que ele não vê nem ouve o alvo explo-
dir, apenas desaparecer, desvanecer na luz.

Ele sente nas mãos, nos antebraços, nos cotovelos, a con-
vulsão da arma agora quente, contida pela pressão das mãos
do pai, por fim a sensação de uma tensão liberada com o disparo. Algo foi arrastado para fora dele, um pequeno fardo também se volatilizou com o estrondo.

— Esse revólver pertencia ao velho — diz o pai, depois que eles
atiraram nos outros três alvos. — Ele o mantinha a seu lado dia
e noite, caso fosse preciso, ele dizia, nunca se sabe o que pode
acontecer, ele também dizia, sem que eu nunca tenha enten-
dido do que ele falava ao certo, dos animais selvagens que acabariam por devorar metade de sua cara ou dos peregrinos que
poderiam se aventurar perto de Les Roches. Uma coisa é certa,
a ideia de que alguém pudesse se aproximar dessa ruína e pisar
no terreno que ele tinha comprado de não sei quem, mas sem
nenhuma dúvida por quase nada, esse terreno e essa ruína que
ninguém afora ele queria, a não ser para levar um rebanho de
ovelhas aos pastos alpinos — motivo pelo qual o celeiro foi
construído originalmente, para acolher pastores ou mesmo seus
animais durante os meses de transumância —, a ideia, portanto,
de que alguém pudesse colocar um pé nessa parte da montanha
sem ter sido convidado, autorizado por ele, lhe era insuportável. A primeira coisa que ele fez, antes mesmo de empilhar duas
pedras para erguer um desses muros decrépitos, antes mesmo
de retirar uma única carroça de entulho, que ele precisaria encher a seguir para limpar o solo, foi colocar uma tabuleta de madeira com uma inscrição feita com pincel e tinta vermelha, uma
advertência: Propriedade privada / Entrada proibida / Cuidado,
armadilhas. Embora fosse muito evidente a quem quer que se
aventurasse por essas bandas por acaso — só se podia chegar ali
por acaso, só se podia passar por ali para continuar seu caminho

na direção dos picos, um caminho aliás improvável, a não ser para um peregrino experiente, ninguém jamais teria ido a Les Roches de propósito, para contemplar esse monte de ruínas engolido pela vegetação —, embora fosse muito evidente, portanto, que ali não havia nada a proteger, nada a privatizar, nem mesmo uma porta a ultrapassar pelo simples prazer de desafiar uma proibição de entrar, e muito menos armadilhas dissimuladas nos arredores. Mas ainda assim ele plantou sua tabuleta, confeccionada penosamente, com suas letras trêmulas, traçadas por sua única mão válida, a esquerda, embora ele fosse destro, e ficava claro, ao vê-lo inspecionar seu monte de pedras e seu amontoado de mato, que ele ali reinaria como o único mestre e não toleraria nenhuma intrusão. Ao longo dos quase dez anos passados em Les Roches com ele, sempre o vi com esse revólver enfiado na cintura da calça, a parte de baixo de um uniforme de obreiro que ele só tirava para lavar de tempos em tempos, quando considerava suficientemente imundo para trocá-lo por outro uniforme de obreiro — os dois provavelmente de seus anos passados na serraria —, enquanto o primeiro perdia a imundície no molho de uma bacia com sabão, cuja água não demorava a se tornar cinza, e depois secava ao sol, e assim sucessivamente, alternando as duas calças, cujas bainhas e cinturas acabaram ficando puídas, as costuras cedendo, que ele remendava laboriosamente à noite com a mão esquerda boba, a roupa colocada em cima da coxa, segurada com o cotovelo ou o antebraço direito. Ele nunca me deixaria ajudá-lo, nunca toleraria que eu sequer o ofendesse oferecendo minha ajuda. Eu sempre soube disso e nunca tentei oferecê-la. Desde o acidente ele tinha o mesmo olhar, o mesmo orgulho ou o mesmo ódio desesperados dos animais selvagens que ficam com uma pata presa numa armadilha e preferem devorá-la a aceitar a aproximação de alguém para libertá-los, porque eles não sabem distinguir com exatidão a origem de seu sofrimento. E mesmo quando ele reergueu Les Roches, quando ele tirou Les Roches do chão, pedra por pedra, só aceitou minha ajuda por causa de meu aprendizado, mas em nenhum momento esperou de mim que eu o socorresse no que quer que fosse, mesmo quando precisou carregar uma por uma as pedras de alvenaria. Ele preferia trabalhar sozinho, às vezes ao preço de esforços terríveis, contorções terríveis que me enchiam de piedade e vergonha, e muito mais tarde de respeito, a ter que pedir ajuda a um menino, a ter que pedir ajuda ao próprio filho. Embora levasse o cano desse revólver permanentemente atravessado na cintura, eu sabia que essa também era a terrível confissão de sua fraqueza, de sua enfermidade, que seu maior medo era não ser mais capaz de se defender sozinho e me defender, contra tudo o que ele podia imaginar que nos rondasse, que ameaçasse surgir em Les Roches para nos desapossar, ele que, antes da morte de minha mãe e antes do acidente na serraria, tinha sido um sujeito vigoroso, arrogante, temerário, e que se tornara no espaço de um ano um velho prematuro sem nem cinquenta anos, preocupado, assustado com sua própria impotência, humilhado por sua deficiência, por aquele braço que ele arrastava consigo como um pedaço de carne morta, de lenha, e contra o qual ele parecia entrar em conflito ao amanhecer de cada dia. Durante os anos passados em Les Roches com ele, eu o vi usar o revólver três vezes. A primeira foi quando finalmente o acontecimento tão improvável quanto temido se produziu na pessoa de um homenzinho seco, vestido como um representante comercial, que surgiu do bosque com uma pasta de couro na mão, sapatos outrora envernizados e a parte de baixo de sua calça social coberta de lama, pisando nas terras do velho, e quando o velho o viu avançar em sua direção num passo decidido assim que avistou as duas barracas instaladas à guisa de acampamento perto da ruína. O homem se apresentou como um agente da Direção Departamental de Infraestrutura e explicou sem fôlego, cansado pela caminhada, que tinha sido encarregado por seu setor de levar ao velho a carta que tinha em mãos, a carta que deveria ter sido enviada por via postal se o carteiro trouxesse o correio até aqui — coisa que obviamente não fazia —, carta na qual estava dito que em caso de transformação de uma construção inicialmente destinada à exploração agrícola em prédio de moradia, um pedido de licença devia ter sido previamente feito após a retirada de um formulário na prefeitura, que o dito formulário devia ter sido devidamente preenchido e devolvido a fim de ser examinado pela prefeitura e pela Direção Departamental de Infraestrutura, únicas instâncias habilitadas a conceder licenças. Uma formalidade que o velho, segundo o cadastro que o agente disse ter consultado na prefeitura para se assegurar da classificação do terreno e das obras de renovação já iniciadas, visivelmente não cumprira. E por todo o tempo em que o homem falou numa voz processual e reprovadora, meu pai não se moveu um centímetro, sua mão válida ainda segurando o cabo de uma pá, seu braço estropiado junto ao estômago como se estivesse numa tipoia, e ele tampouco pestanejou quando o agente explicou que ele não tivera escolha senão estacionar seu carro um pouco abaixo no vale e subir até Les Roches embora claramente não estivesse equipado para uma caminhada dessas, que lhe custara um turno de trabalho, um par de sapatos novos e de calças agora prontas para a lavanderia. Diante do velho imperturbável, ele acrescentou que além disso não tinha nem a idade nem a constituição física necessárias para uma subida daquelas — seu olhar ia sucessivamente do braço enfermo de meu pai à mão segurando o cabo da pá, atônito, provavelmente lhe parecesse impensável que ali estivesse, à sua frente, o homem que planejava erguer aquele monte de pedras —, e também que tudo aquilo (com um gesto amplo da mão, apontou tanto para a montanha quanto para o velho e Le Roches) ia muito além de suas atribuições de servidor público na Direção Departamental de Infraestrutura. Quando acabou de falar, agitou a carta que tinha na mão com um gesto seco na direção do velho, como se lhe ordenasse que a pegasse, e ele soltou o cabo de sua pá, que caiu no chão, pegou o envelope com a mão esquerda e a levou à boca, colocou entre os dentes e a rasgou no meio com um puxão da cabeça diante do olhar estupefato do agente. Ele cuspiu os pedaços da carta, que esvoaçaram até o chão depois de tocar na bainha suja de lama da calça do funcionário, e o convidou a juntá-los e enfiá-los bem no fundo daquele lugar que ele estava pensando, acrescentando que não era bobo e que sabia que se o agente tinha vindo lhe arranjar problemas era porque alguém lá embaixo, na cidade, o denunciara, caso contrário a Direção Departamental de Infraestrutura nunca teria sabido de seu projeto de restauração, o agente nunca teria precisado se deslocar até ali e irromper em Les Roches para ameaçá-lo com sua cartinha, com sua mesquinha, desprezível e servil intimação. E nunca, jurou o velho, ele aceitaria se submeter à tirania de um bando de colaboracionistas cujo ganha-pão era a delação e a exploração desavergonhada das pessoas pobres e honradas, dissimuladas sob a pretensa respeitabilidade, a pretensa legitimidade do serviço público. Nada lhe causava mais repugnância que a presença daquele agente, que ele agora chamava sucessivamente de capanga, subordinado, subalterno, e que deveria ter vergonha de vir aqui com o pretexto de algum procedimento administrativo do qual pretendia ser apenas o instrumento, vergonha de se curvar às ordens de uma obscura hierarquia como um nazistinha e vir ameaçar um homem enfermo — foi a única vez em que o ouvi pronunciar essa palavra, a única vez em que o ouvi mencionar sua enfermidade —, titular de uma pensão por invalidez, e ainda por cima ameaçá-lo na frente de seu filho. Um homem que tinha comprado um terreno em plena montanha com suas próprias economias, sem incomodar ninguém, sem espoliar ninguém, sem usurpar a propriedade de ninguém, com a única intenção de restaurar para si e seu filho um velho celeiro a fim de que eles pudessem ter um teto sobre a cabeça, a fim de que eles tivessem uma casa decente como todos os seres humanos deveriam ter o direito de ter. Sim, a presença, a visão do agente era para o velho um insulto, a manifestação de um sistema corrompido, injusto, e ele o advertia por encurralar um homem que já tinha perdido tudo, um homem que a vida tinha esvaziado, conduzido aos confins do desespero, arrancando-lhe uma esposa que ele amara e vira agonizar por dois anos, dois anos, você se dá conta, dois anos de uma lenta, insuportável e patética agonia, uma esposa cuja morte o deixara a tal ponto prostrado que ele já não tinha certeza de seguir vivo, acordando a cada manhã com a sensação de estupefação de continuar aqui, de abatimento por precisar enfrentar um novo dia, coisa que ele não tinha certeza de conseguir, mesmo por seu próprio filho, pois para falar a verdade ele já não estava convencido de que a vida de seu filho fosse razão suficiente sequer para sair da cama. Não é uma coisa terrível ouvir isso da parte de um pai, Senhor Subalterno — foi para mim, que me mantinha petrificado a alguns passos dali, observando o rosto do agente da Direção Departamental de Infraestrutura se decompor enquanto meu velho lhe dirigia a palavra, lágrimas molhando os dois sulcos profundos que tinham se formado de cada lado de seus lábios —, não é tocar o fundo do poço quando você se deita à noite com a ideia de que a melhor coisa a fazer, a mais sensata, a mais aceitável, seria abrir o gás agora que seu filho dorme? Foi assim, disse o velho, nesse estado de sideração, de aniquilamento, de desolação, que ele precisara continuar a pegar todos os dias o caminho para a serraria, para a qual ele trabalhava há mais de vinte anos sem jamais sofrer nenhum acidente, e ele podia dizer sem se vangloriar que era um dos operários mais qualificados, mais aguerridos, mais estimados na fábrica, até o dia em que, durante um descarregamento absolutamente comum, seu braço se viu preso entre os troncos, várias centenas de quilos de madeira seca degringolaram do reboque e deixaram seu cotovelo e seu punho em frangalhos numa fração de segundo. E, o velho disse ao agente, cada vez mais atarantado, ao contemplar seu braço preso entre os troncos, ele sentira subir dentro de si uma gargalhada irreprimível, uma incomensurável vontade de rir, como ele nunca sentira antes, e quando seus colegas se apressaram para socorrê-lo e retirar os troncos, ele ria a plenos pulmões, um riso doente, um riso que insultava a providência, essa providência que, não contente de ter lhe arrancado uma esposa, agora esmagava seu braço, e ele provavelmente teria continuado a rir como um maluco quando a ambulância o levara se a dor não tivesse aparecido, substituindo o entorpecimento do braço, irradiando de uma maneira indizível, uma dor semelhante à explosão de um astro cujo sopro tivesse rebentado sobre ele e o mundo, a ponto de ele perder os sentidos e só acordar quarenta e oito horas depois num quarto de hospital, com o braço cheio de pinos, ouvindo da boca de um médico que as operações e a fisioterapia não mudariam nada, que os nervos tinham sido gravemente danificados e que ele nunca mais recuperaria a mobilidade de antes. Três dias depois, ele saiu do hospital contra a opinião do mesmo médico e voltou para casa porque tinha um filho que precisava de cuidado, e nunca mais depois daquele dia, o da vinda a Les Roches do agente da Direção Departamental de Infraestrutura, ouvi-o fazer menção a seu braço, nem mesmo quando dores terríveis o faziam gemer no sono ou o tiravam da cama no meio da noite, obrigando-o a se entorpecer de álcool, tabaco e analgésicos. E se ele lhe contava tudo isso, disse o velho ao funcionário que parecia prestes a se liquefazer, não era para ele se apiedar de seu destino; ele não estava nem aí para sua piedade, sua piedade inclusive seria uma ofensa adicional, não, se ele lhe fazia o relato circunstanciado dessa vida de labuta e miséria, era com o simples objetivo de que ele, o subordinado do serviço público, o executor do trabalho sujo do Estado, compreendesse que ele não tinha realmente mais nada a perder e que preferia descer à cidade e meter uma bala entre os olhos dos delatores que tinham achado por bem denunciá--lo — e todos aqueles, quem quer que fossem, que tinham a intenção de impedi-lo de reerguer aquela terra arruinada — do que ser humilhado, pisoteado, despossuído de seu bem e de seu direito. Há coisas que um homem, se quiser continuar um homem, não pode aceitar, e cada um define onde se situa sua honra, quais dessas coisas são aceitáveis e quais não são, onde se situa, em suma, o limite intransponível de sua dignidade. Isso foi o que o velho disse antes de levantar um lado da camisa para mostrar ao funcionário o revólver enfiado na cintura da calça, cuja coronha repousava contra sua barriga peluda e suja, e o homenzinho, que acabara de ficar branco, garantiu que uma solução poderia ser encontrada, que tudo aquilo sempre fora uma simples formalidade, que aliás suas prerrogativas da Direção Departamental de Infraestrutura lhe permitiam arquivar o caso, coisa que ele se apressaria a fazer se o velho lhe garantisse que o celeiro seria reconstruído tal como era, mas ele não lhe deu tempo nem mesmo de garantir o que quer que fosse, pois saiu correndo, percorreu a campina a galope, com a pasta de couro apertada contra o peito, espiando de tempos em tempos por cima do ombro para ter certeza de não estar na mira do velho, até desaparecer na sombra das árvores e nunca mais se ouvir falar dele. Mas meu velho não esqueceu a visita do agente e ainda a ruminava anos depois, praguejando atrás de sua barba hirsuta contra o governo e, pior ainda, contra os que o tinham denunciado à prefeitura da cidade. Esse acontecimento — a lembrança desse acontecimento —, em vez de se atenuar e desaparecer com o tempo, pareceu aumentar, como se tivesse continuado a existir e se repetir numa realidade paralela, o velho o revisitava sem parar, o examinava sob todos os ângulos possíveis, imaginava novos pormenores e circunstâncias, repetia as mesmas réplicas, imaginava respostas mais pertinentes que poderia ter dito, praguejava contra os complôs urdidos contra ele pela cidade, multiplicava a lista dos conspiradores anônimos, dos traidores que não tinham hesitado em rifá-lo, sem dúvida porque ele recebia uma pensão por invalidez e não precisava mais trabalhar, ou porque ele quebrara a cara de alguns, legitimamente, de resto, na época em que ele ainda era um homem válido e em plena posse de suas capacidades, ou ainda porque ele simplesmente lhes virara as costas de uma vez por todas, dizendo-lhes numa noite de bebedeira que eles não passavam de um bando de grandes filhos da puta, acusando uns e outros de serem responsáveis pelo acidente na serraria que lhe custara o uso de um braço. Talvez seja uma estupidez dizer que ele nunca mais foi o mesmo depois da visita do agente, pois um homem nunca é o mesmo não importa o que aconteça, o velho nunca mais foi o mesmo depois da morte de minha mãe e nunca mais foi o mesmo depois do acidente, mas o fato é que se existem acontecimentos que parecem marcar uma vida a ferro em brasa, esse com certeza foi um. Depois disso, ele teve como único objetivo terminar a obra de Les Roches e como única obsessão a ideia de que alguma coisa ou alguém acabaria por chegar do mundo exterior para impedi-lo. O que o impediria não foi nada que lhe fosse externo, nada que viesse da cidade. Lá, tinham esquecido dele, ou ao menos tinham acabado se cansando de contar o episódio da serraria e do que se seguira, logo não se falou mais sobre aquilo, ao menos até eu voltar, até eu despertar a lembrança sepultada do velho demônio em que meu pai no fim se tornara para muitos deles, lembrança relegada a um recanto sombrio de suas mentes, entre coisas sem dúvida não muito luzidias, e até eles pensarem que eu tinha voltado para vingá-lo, que talvez ele tivesse me enviado com o único propósito de limpar sua honra depois de fazer de mim, durante todos aqueles anos passados na montanha junto dele, o instrumento, o braço de sua vingança; no que em parte se enganavam. Não, o que o impediria de levar a cabo seu propósito, isto é, concluir a restauração de Les Roches e me manter a seu lado, foi o que ele acabou se tornando: um louco obcecado pelo remorso de não ter podido salvar a mulher que havia amado, de ter sobrevivido a ela, um louco devorado pela raiva e pelo rancor, sem parar de repassar o dia do acidente na serraria para encontrar o culpado, o que o levou inclusive a acreditar que não tinha sido um acidente mas um ato deliberado, perpetrado contra ele para prejudicá-lo, e mesmo eliminá-lo (muito mais tarde eu descobriria, da boca de um dos sujeitos presentes naquele dia, em quem tenho todos os motivos para acreditar, que foi ele que, devastado pela morte de minha mãe, extenuado por noites sem sono e vinho barato, esqueceu uma regra elementar de segurança e causou o desabamento dos troncos que lhe custaram o uso do braço), um louco devastado pelo orgulho, pela altivez, pela arrogância e, por fim, um louco corroído pelas dores que nunca cessaram de fulminá-lo, as vésperas de dias de chuva, por exemplo, às vezes o atiravam para fora da barraca e depois para fora da casa, quando conseguimos assentar um teto, o precipitavam para a montanha, para o coração negro da floresta onde ele podia gritar e rondar como uma fera ferida, um demônio recém-saído de uma história de terror ou de uma velhíssima lenda, como as que ele às vezes me contava à frente do fogo para me assustar e dissuadir de me afastar de Les Roches. Naquelas noites, deitado sob a lona da barraca sobre uma pilha de cobertores, ou mais tarde sobre um colchão que o velho trouxe do depósito público, eu o ouvia se levantar, bater-se nas paredes praguejando antes de sair da casa, e eu sabia que não era realmente meu pai que se levantava mas alguma outra coisa, uma coisa com a qual nem eu nem ninguém gostaria de lidar. Uma noite, porém, tomei minha coragem com as duas mãos e deixei a cama assim que ele saiu. Vi que se afastava na direção da floresta sob a luz pálida da lua, que tornava tudo estranho e azul como num sonho, e levava na mão boa o cabo de um machado. Voltei a deitar e não pude pregar o olho a noite toda, até ouvi-lo voltar ao amanhecer, e quando acordei algumas horas depois, eu já não tinha certeza se o vira se afastar com o machado na mão ou se sonhara, mas me lembrava da direção que me pareceu tê-lo visto tomar, então aproveitei do sono comatoso em que ele caíra e peguei o mesmo caminho. Seus passos tinham deixado marcas na vegetação e pude segui-los sem dificuldade até a orla do bosque, a partir do qual continuei avançando sem nem mesmo saber o que procurava. Mas depois de meia hora de caminhada, entendi o que ele ia fazer no coração da floresta, armado com um machado, nas noites em que a dor se tornava insuportável. Havia lá, plantado numa encosta, um bosque de bétulas — eu nunca soube por que ele escolhera bétulas, talvez por acaso, talvez porque a casca branca as tornava mais visíveis na penumbra, ou porque sua beleza espectral lhe era insuportável, talvez porque ele visse seu sofrimento na cor branca, branca e luminosa, como uma bétula na escuridão —, havia lá, portanto, uma encosta cheia de bétulas cujos troncos estavam, na altura de um homem, marcados com machadadas sem lógica, não com a intenção de derrubá-los, mas como se ele quisesse *massacrá-los*, e era uma visão espantosa, abjeta e escandalosa ver aquelas árvores vertendo sua seiva por todas aquelas feridas, uma seiva que em vão parecia tentar preencher os ferimentos e que escorria pelos troncos em lágrimas silenciosas. Eu não conseguia deixar de imaginá-lo usando sem descanso a lâmina de seu machado com toda a grotesca falta de jeito de seu braço estropiado, rugindo, desferindo golpes em todos os sentidos, passando de uma bétula a outra numa espécie de transe demoníaco, herético, igual a um fantoche desarticulado, tudo isso para conjurar aquela dor e aquela raiva que o corroíam, e fugi para nunca mais, nunca mais pisar de novo naquele lugar da floresta. Mas não esqueci as bétulas que desde aquele dia aparecem todas as noites em meus sonhos, espectros esbranquiçados cobertos de estigmas, banhados de lágrimas de resina. Só muito mais tarde entendi, mais uma vez, que se elas continuavam aparecendo em meu sono, era porque alguma coisa do velho se infiltrara em mim, apesar de mim, seu sofrimento e sua loucura tinham sido inoculados em mim durante todos aqueles anos, sub-repticiamente, insidiosamente. Era nisso que os da cidade tinham em parte se enganado, mas não estavam totalmente errados em acreditar que ele tinha feito de mim o braço de sua vingança, pois quando decidi lhe dar as costas, muito tempo depois de ter descoberto as bétulas mutiladas, quando decidi deixar Les Roches para não voltar enquanto ele vivesse, não foi com a ideia de vingá-lo do que quer que fosse, mas eu já carregava em mim, sem saber, o germe tenaz de seu ódio e de seu ressentimento. Foi nesse momento que o vi usar o revólver pela segunda vez, quando entendi que bastava, bastava daquela obra que não acabava, que nunca acabaria — tudo era para ele um labor interminável —, bastava daquele isolamento e de sua tirania. Eu simplesmente lhe disse que ia embora porque tinha quinze anos, que não o temia mais, que eu já não via mais nele o homem temível que por tanto tempo ele me parecera ser (e que ele sem dúvida já não era há muito tempo), mas um velho patético, com seus longos cabelos brancos e sua barba desgrenhada que nunca mais cortara, tendo agora apenas a pele sobre os ossos. Les Roches tinha acabado por absorver sua substância, por vencê-lo. Mantive-me firme diante dele, sem sequer uma trouxa nos ombros, e disse que ia embora e que ele não me veria mais. Sua boca tremeu, ele pegou o revólver pela coronha para colocar o cano em sua têmpora e me disse numa voz estranha e surda que se eu fosse embora ele se mataria, que não lhe restaria nenhum outro recurso que se matar, e que mesmo que fosse a sua mão que segurasse a arma, seria por minha mão que seu sangue seria derramado, e que eu seria o único responsável por sua morte, um traidor, um parricida. Entendi que o que ele tanto temia por todo aquele tempo, mais do que a dor, mais do que uma invasão bárbara, era que seu filho lhe fosse tirado depois que sua mulher o fora, que nada o aterrorizava mais do que sua própria solidão, do que ser deixado consigo mesmo, sem aliado, na companhia de seus próprios demônios. Ele me pareceu tão patético, com sua velha boca exangue, trêmula sob a barba branca, que me virei para não ter que vê-lo, para não ter que guardar dele a imagem daquela derrota. Afastei-me em direção à cidade, caminhei e caminhei sem me virar, esperando a cada instante ouvir um disparo e o som de um corpo caindo no solo maldito de Les Roches, e mesmo depois de chegar à cidade, depois de horas de caminhada, parecia-me que a qualquer momento a detonação podia se produzir, enviada até mim pelo eco das montanhas. Mas ele nunca atirou, nunca apertou o gatilho, e nunca mais o vi nem ouvi falar dele até que seu cadáver foi encontrado lá no alto por um peregrino, magro, sujo e desencarnado como um desses iluminados, um profeta vindo diretamente do inferno, sua miserável carcaça semidevorada pelos animais que provavelmente morreram num canto escuro, assassinados por sua vez pelo veneno que seu sangue se tornara. E quando fui informado disso, quando desci seu caixão com a força de meus próprios braços numa cova do cemitério municipal, na presença apenas de um coveiro cuja ajuda recusei com o mesmo orgulho e a mesma estúpida altivez que ele tinha, sob uma chuva tal que o céu parecia estar aberto em dois, fui fulminado pelo que ele levava no túmulo, a ponto de cair de joelhos à beira do buraco: a lembrança de minha mãe, que, de certo modo, ele ainda mantinha viva e sobre a qual ele velava como um cérbero enquanto seu rosto começava a se apagar da minha memória, as horas infinitas passadas em Les Roches, o aprendizado penoso, revoltante da vida como ele a percebia, como o mundo e a providência o haviam obrigado a conceber, sua irredutível insubmissão. Tudo isso, que continuara existindo longe de mim, lá na montanha, como alguma coisa que sabemos escondido e bem guardado, desaparecia com ele. Foi na beira daquele túmulo, sob aquela chuva torrencial, que prometi a mim mesmo terminar de reconstruir Les Roches, concluir o que tínhamos começado juntos, sem suspeitar que há coisas que é preferível não acordar, lembranças e homens que devem permanecer enterrados. Porque na verdade eles só esperam isso, que os retiremos de seu profundo torpor para ressurgir e repetir continuamente as mesmas obsessões, os mesmos desastres.

O pai olha fixamente para o revólver em suas mãos, sente as lembranças, as palavras e as imagens aflorarem dentro dele, tudo em grande desordem, um magma de lavas profundas. Mas não diz nada. Ele se cala, deixando uma voz muda se derramar, uma torrente num canto de sua consciência, uma sombra imensa pairando acima deles sob o calor e a luz implacáveis do verão.

Ele coloca o cano ainda quente do revólver na boca, a arma espalha por sua língua um cheiro de metal e pólvora, e fecha os olhos. O filho pula em cima dele, agarra seu antebraço, suplica que largue o revólver, mas o pai é muito mais forte que o menino, seus braços resistem e ele aperta o gatilho. O estalo ressoa, ele volta a abrir os olhos, olha para o filho e solta uma gargalhada sonora, com o cano da arma ainda apertado entre suas mandíbulas com o incisivo quebrado.

O filho está à sua frente, a ponto de cair no choro, o pai agora guarda o revólver na mochila sem parar de rir, uma risada que subentende um grito, um grito vindo de outra era, de outra realidade, de outra vida.

— Peguei você — ele diz. — Foi uma brincadeira. Ao menos agora sei que você não me deixará.

***

Depois da partida do pai, ela faz uma série de bicos para sustentar o filho e a si mesma. Durante vários meses, assim que o dia nasce, ela o deixa na casa de uma vizinha no final da rua e ele adormece num saco de dormir, sobre um colchonete infantil, ao lado do berço de um recém-nascido, em meio ao odor de fralda cheia e loção de bebê.

A vizinha é uma portuguesa chamada Livia, uma mulher pequena de tez escura e cabelos muito pretos que ela lustra com óleo de oliva e gema de ovo, impregnada de um perfume de loção hidratante e talco. Livia é casada com um caminhoneiro, Alberto, um sujeito de ar melancólico e doce que parece ter o dobro de sua altura e o quíntuplo de seu peso. O menino só cruza com ele nas raras vezes em que o homem não está em deslocamento, instalado na frente de uma televisão numa poltrona funda cujo couro tem o cheiro do cigarro Português Suave que ele fuma. Até a sala é pequena demais para ele; ele sempre parece se mover, nas peças de dimensões e disposição idênticas às da casa que o filho divide com a mãe, como se tentasse passar sem acidentalmente derrubar uma parede com uma ombrada.

Uma hora antes do sinal que anuncia o início das aulas, Livia o acorda, lhe serve um café da manhã, três torradas amanteigadas cobertas com geleia de morango, um achocolatado pelando em cuja superfície flutua uma nata espessa que lhe causa repugnância e que ela pesca com a colher para se deleitar, criticando-o por não saber o que é bom.

As torradas formam no fundo da tigela uma papa que Livia o obriga a engolir com a invariável ordem, assim que ele pousa a tigela à sua frente, de comer tudo e colocar a tigela na pia. O interior de sua casa, ao contrário do da mãe, está sempre organizado, cheira a linóleo lavado com alvejante, cera O'Cedar que faz os móveis brilharem, ramos de sálvia que ela queima para dissipar o ranço tenaz dos Português Suave de Alberto e os pratos que cozinham em fogo baixo sobre a chama do fogão a gás.

Depois do café da manhã, quando ele ainda tem seis ou sete anos, Livia lhe pede para se despir e ele se mantém em pé diante dela no estreito banheiro de azulejos verdes idênticos que sobem até o meio da parede, com as mãos sobre as partes genitais enquanto ela passa em seu rosto, suas costas, suas axilas, uma luva de banho que esfrega em um pedaço de sabão de rosas. Ela o fricciona vigorosamente e só parece satisfeita com a limpeza quando suas costas e seus braços ficam marcados de vermelho.

Enquanto isso, ela lhe fala de tudo um pouco, da novela na televisão que viu na véspera — ela conta as peripécias dos personagens com a mesma emoção de que se tivessem acontecido com algum conhecido —, de sua infância no Porto, das fachadas ocres e vermelhas das casas ao longo das margens do Douro escurecidas pela luz da noite, a casa sempre sombreada e fresca de sua mãe, perfumada pelos embutidos e pelos temperos dos chouriços colocados para secar na copa.

O menino gosta da aspereza atenciosa de Livia, de seu sotaque langoroso, da atenção que ela coloca nos detalhes. Depois que ele se veste, ela lhe aplica gotas de brilhantina Roja Flore, penteia para trás seus cabelos ruivos e às vezes, a seu pedido, dá tapinhas em suas bochechas e punhos com a loção pós-barba com notas de *fougère* de Alberto.

Numa antiga cristaleira de mogno que fica no primeiro andar, Livia guarda objetos de devoção, pequenos ícones religiosos trazidos de Fátima, santinhos, virgens de plástico translúcido contendo água benta vinda de Lourdes.

Ela tem uma ideia muito pessoal da religião, nunca pisa numa igreja e praguejа em português "cabrão de Deus" quando bate o pé na quina de um móvel, mas reza por toda e qualquer coisa, invoca santo Antônio de Pádua para encontrar um molho de chaves e são Cristóvão para que seu marido faça boa viagem.

Quando o menino contempla a cristaleira com curiosidade, ela lhe descreve pela enésima vez a proveniência de cada objeto, varia as anedotas ao sabor das hesitações de sua memória ou de sua inspiração no momento.

Ela abre o vidro que revela um perfume de madeira envernizada e incenso de igreja, pega uma das virgens, desenrosca sua coroa azul e derrama a água na palma da mão. Traça com o polegar um sinal da cruz na testa do menino, muda de ideia e lambuza seu rosto. Antes de fechar a virgem, o convida a beber um pouco da água, leva a seus próprios lábios a cabeça destapada da santa para tomar um gole, como se se deleitasse com um licor precioso. Depois a enche na torneira, convencida de que o conteúdo renovado é abençoado por contágio.

Entre os objetos de devoção se encontra também um Cristo fosforescente, esparramado em sua cruz de madeira compensada, que fascina o menino. Ele pergunta a Livia se pode vê-lo de perto. Ela coloca o ícone sob a luz de uma lâmpada por alguns minutos e deixa o menino se fechar no pequeno armário de vassouras da entrada. Ali, na escuridão do armário perfumado pelos produtos de limpeza, atenuada pelo risco de luz embaixo da porta atrás da qual Livia espera, ele contempla a silhueta fantasmática que projeta em suas palmas uma luz esverdeada, semelhante a uma dessas criaturas das profundezas marinhas que iluminam as trevas com uma aura temerosa.

Algumas noites, a mãe, tomada por uma alegria inabitual, anuncia que vai sair com uma amiga. Ela se arruma, se maquia, vaporiza a seu redor o fundo de um frasco de Shalimar que empesta a casa inteira. Seu quarto, em geral território do filho tanto quanto seu, se torna, sob o efeito de uma magia operada pelos gestos, pela afetação ritual da mãe, lugar de outra feminilidade que o mantém bruscamente à distância, e convoca outros encantos além da ternura materna que costuma lhe ser destinada.

Ele só ousa entrar com prudência, tomado pela sensação de ser admitido numa intimidade que já não o concerne, já não lhe é destinada, revelando essa faceta desconhecida da mãe, essa sensualidade à qual ela deve ter renunciado e que ele adivinha numa das fotografias — aquela em que, de pernas de fora, ela ri com a mordida do pai em sua panturrilha —, ou quando ela de brincadeira faz poses na frente dele, simples ensaio que prefigura as noites em que ela decide seduzir "de verdade".

Quando sai, ela o deixa na casa de Livia e, quando Alberto está viajando, ela se demora um pouco, toma uma taça de vinho na cozinha depois de terem instalado o filho na frente da televisão. Sentado na poltrona funda da qual se eleva, quando ele se instala, um aroma empoeirado com ranço de Português Suave, o menino ouve atrás dos sons do aparelho de televisão as vozes cúmplices das mulheres vindo da peça vizinha, os conciliábulos que elas zelam em manter secretos, baixando a voz ou se interrompendo quando ele aparece na cozinha, levado pela curiosidade ou pela preocupação de ver a mãe sair sem avisar ou sem beijar sua testa como de costume, segundo regras que eles tacitamente estabeleceram.

Já aconteceu de ele surpreender a mãe enxugando as lágrimas enquanto Livia, inclinada sobre ela, a consola de mágoas sobre as quais ele ignora tudo e que, como os encantos que ela mais cedo retocou, o fazem suspeitar que dentro dela possam coexistir várias naturezas, ou que ela possa ter vidas paralelas à deles, da mesma forma que lhe é difícil conceber que ela tenha sido uma criança, uma jovem e uma mulher antes de ser sua mãe.

— Vamos, querida — ele ouve Livia dizer —, deixe tudo isso para trás, esqueça esse homem, você merece muito mais. Saia, mude de ares, divirta-se.

Elas o devolvem para a televisão com o pretexto de que estão falando de coisas que não lhe dizem respeito, e ele obedece a contragosto com a sensação de ser banido, excluído das combinações dos adultos e da cumplicidade das mulheres.

***

Ao se aproximarem de Les Roches, eles a veem ao longe andando de um lado para outro perto da casa escura aninhada no verde luxuriante da campina como uma excrescência da montanha, uma hérnia de pedra sob a lenta e indiferente progressão das nuvens no azul do céu, dispersas, desfeitas, prestes a se desintegrar a qualquer momento.

Ela perscruta os arredores e, assim que os avista, avança na direção deles num passo rápido sob a luz vibrante. Ela caminha e depois corre por alguns metros, depois caminha de novo, obstruída pela barriga. O filho gostaria de correr até a mãe, mas o pai o segura com uma mão no ombro. Eles diminuem a velocidade enquanto ela avança em sua direção. Ela não segue pela trilha margeada de urtigas, mas corta caminho pelo campo. Um vento fleumático faz ondular a vegetação e confere à campina um aspecto líquido, cambiante. Mais adiante, na orla do bosque, o balanço das folhas revela alternadamente suas faces verde-escuras e seus dorsos cinzentos, a folhagem das árvores percorrida por um fervilhar silencioso.

Enquanto a mãe se aproxima, eles veem seu rosto desfeito, seus olhos repletos de angústia vão do pai ao filho e do filho ao pai, enquanto em torno deles a natureza está imóvel, com exceção daquele lento tremor que se poderia dizer epidérmico, pois parece se manifestar apenas na superfície das plantas, das árvores, da realidade observável, em que o coração do bosque e as profundezas minerais da montanha permanecem paralisados numa impassibilidade hierática, e a visão da mãe subindo a campina numa penosa ascensão, atravessando a paisagem fixa pelo sol, traz à memória do filho a lembrança da reprodução do quadro de Wyeth colada num pedaço de papelão, exposta num sanduíche de vidro na parede do quarto da casinha do bairro operário.

Ao alcançar os dois, ela agarra o menino pelas axilas e o levanta do chão.

— Onde vocês estavam? — ela pergunta. — Ouvi tiros, fiquei morta de preocupação.

— Está tudo bem. Só fomos atirar numas garrafas.

Ela leva a mão à cabeça do menino com um gesto de proteção, um reflexo de loba. Sente o galo atrás do crânio.

— O que aconteceu com ele? Ele se machucou?

— Ele caiu, não foi nada, está tudo bem.

Ela balança a cabeça, incrédula, revoltada.

— Eu te proíbo de colocar uma arma nas mãos dele, ouviu?

— Pare de ser tão superprotetora, caramba. Acha mesmo que assim está ajudando?

— Não estou brincando. Nem pense em recomeçar.

Ela falou numa voz dura, trêmula, como se desafiasse o pai a lhe tirar o filho. Uma mancha vermelha aparece em sua clavícula. O homem a encara diretamente nos olhos e dá um passo em sua direção, invade bruscamente o espaço que os separa, pisando sem fazer barulho na vegetação como se afugentasse um cachorro ou o desafiasse a mordê-lo.

A mãe bate em retirada, aperta o menino com mais força contra si.

— Não se aproxime de mim. Não se aproxime de nós.

Ela continua recuando, preparando-se para ter que empurrá-lo a qualquer momento. Ele permanece parado, com o pé plantado no chão à sua frente, e somente quando julga estar fora de alcance é que a mãe se vira para levar o filho para casa no mesmo passo apressado e penoso com que subia a campina um instante atrás, e ela olha por cima do ombro para ter certeza de que o pai não tenta alcançá-los.

Ela luta com o peso do menino no colo, abre caminho pela vegetação espessa que se deita à sua passagem e que em seguida estremece, se reergue e se estica, tentando recuperar a verticalidade, compensar o pisoteamento.

O pai a vê chegar em Les Roches, o rosto do menino apoiado em seu ombro, seus braços agarrados em torno de seu pescoço, até que chegam à sombra do edifício.

Ele fica parado sem se mover, sem sequer piscar, como uma estátua, com sua silhueta de reles e inquietante espantalho abandonado no meio de um campo, ou como aqueles camponeses de antiquíssimas fotografias em preto e branco tiradas durante o trabalho nos campos para documentar a vida campesina no início do século passado, que se mantêm eretos, solenes e sérios em meio a uma luz branca, com suas roupas grosseiras de tecido escuro, seus grosseiros tamancos de madeira cobertos de terra, pouco acostumados a serem fotografados, e que fixam a objetiva com seus rostos marcados, seus olhares severos às vezes sombreados pela aba de um chapéu de palha que, retrospectivamente, os faz parecer tão lúgubres quanto corvos dispersos por uma terra lavrada.

O verão se torna imprevisível, alternando dias de um calor opressivo, com a montanha irradiada de sol branco e céu baixo, como que feito de estratos minerais, silicosos e contrastantes.

Espalhadas pelas clareiras, as flores de orquídea-lagarto com labelos púrpuras e retorcidos emanam um perfume de almíscar no bafo das tardes langorosas.

As borboletas ébrias de pólen voam de uma corola à outra e o filho, auxiliado pelo livro encontrado no quarto dos pais, dedicado à fauna da região, aprende a distingui-las e identificá-las: a íris de reflexos azulados — quando ele consegue capturar uma delas para contemplar os ocelos de suas asas superiores, o inseto deixa sobre a polpa de seus dedos um pó oleoso —, a lucina salpicada de branco giz, a aurora de ápex flamejante.

O mistério de seus nomes latinos — *Apatura iris, Hamearis lucina, Anthocharis cardamines, Argynnis paphia, Aglais io* — exerce sobre ele um fascínio, parece-lhe esconder o segredo inacessível desses corpos tão frágeis que o vento carrega, prestes a virar pó, a razão profunda daquelas vidas efêmeras, estranhas e no entanto paralelas à sua, ocupando o mesmo mundo, mas em outro plano, outra realidade.

Em geral tão refratário, tão resistente ao aprendizado, ele os memoriza sem dificuldade e os recita para si mesmo com o mesmo fervor de mantras, fragmentos esparsos de um vasto poema cujo sentido total tivesse se perdido.

Embora os insetos, tão distantes e tão próximos, tenham sua preferência, ele também se maravilha com o nome comum dos pássaros que habitam a montanha com sua presença frenética, suas vozes múltiplas, incansáveis: toutinegra-de-barrete-preto, dom-fafe, chamariz, mocho-galego, açor-nortenho.

Na hora do entardecer em que o céu se tinge de púrpura, ele vê se elevar da penumbra do bosque os escaravelhos-veados cujas larvas esperaram seis anos no tronco de velhos carvalhos para que seus imagos saíssem voando e zumbindo em busca de um parceiro, bebendo a seiva escorrida de árvores doentes ao pé das quais as fêmeas não tardarão a esconder seus ovos.

Em torno do menino, tudo oferece o espetáculo permanente dessa vida lenta, regida por leis enigmáticas cujo mistério o envolve à medida que ele se dedica e se funde a ele, tornando-se familiar.

Durante os dias que se seguem à altercação com o pai, a mãe é de novo fulminada por uma de suas enxaquecas habituais que, desde a chegada a Les Roches, lhe davam uma certa trégua. Obrigada a permanecer na cama, ela repousa no quarto de venezianas fechadas. Com o passar das horas, um raio de luz que passa entre os dois batentes percorre as paredes e o teto da peça; ela tenta fugir quando ele atravessa a cama e se refugia gemendo de um lado e depois do outro do colchão.

O filho se mantém a seu lado, enfermeiro aguerrido, molha a luva na bacia de água fria, torce-a, coloca-a em sua testa aureolada de eflúvios de mentol, estende o balde de plástico quando ela é tomada de náuseas, enquanto o pai, pouco acostumado com aquelas crises ou obrigado a aceitar a ordem de se manter longe dela e do menino, só entra a contragosto dentro da casa subitamente reservada ao sofrimento da mãe, àquele claro-escuro dolente, contido pelas venezianas fechadas.

Ele vagueia pelos arredores, obstinadamente calado, com um Marlboro se consumindo no canto dos lábios. Começa a desobstruir as ruínas das dependências, seleciona e empilha as antigas ardósias pensando em substituir as danificadas no prédio principal, passa sem lógica de uma tarefa à outra com uma agitação febril e não termina nada.

Cuida da horta, mas as plantas ficaram mirradas, produzem alguns poucos tomates que apodrecem antes mesmo de amadurecer, folhas miúdas e amargas, destruídas pelas lesmas. Tudo lhe resiste, Les Roches e a própria montanha, por alguma força obscura — a mãe refugiada em sua dor —, lhe opõem uma inércia reprovadora.

De pé desde antes do amanhecer, quando os astros empalidecem, ele dorme às primeiras horas da noite no sofá, com o rosto cada vez mais anguloso virado para a lareira incandescente.

Depois de quatro dias de repouso, a mãe reaparece no umbral da casa, deixa a luz da manhã, agora anódina, benéfica, reaquecer seu corpo entorpecido pelo sono e pelos analgésicos. Ela parece mais frágil que o habitual, com seu rosto ainda mais pálido, seus olhos cheios de olheiras, seus olhos brilhantes de dormir mal.

O pai vem se colocar atrás dela, a enlaça e deposita um beijo em seu pescoço. Ele lhe murmura um pedido de desculpas, palavras carinhosas em seu ouvido, passa uma mão por seu ventre. Com um sorriso enigmático nos lábios, a mãe não diz nada. Tudo lhe é preferível ao suplício que, ainda na véspera, a pregava à cama, e talvez ela inclusive acredite uma última vez — antes que se abatam sobre Les Roches a loucura dos pais, por tanto tempo contida, e o veneno transmitido aos filhos de uma geração à outra, até então escondido nas profundezas da montanha e no coração dos homens — que a paz é possível, que eles acabarão por encontrar ali uma harmonia e que tudo, a partir de então, se apaziguará.

No aparelho de rádio, eles ouvem, quando conseguem captar a FM, o anúncio repetido do eclipse solar total, o último do século, que ocorrerá dentro de alguns dias.

O pai diz ao filho que não podem perdê-lo de maneira nenhuma, pois o fenômeno só se reproduzirá dali a oitenta e dois anos, quando o filho tiver noventa e um.

Ele o adverte para não fixar o eclipse a olho nu:

— Você poderia ficar cego ou com um buraco nos olhos.

Ele passa a chama de uma vela em cacos de vidro de antigas janelas até que a fuligem se deposite numa camada opaca. A seguir, passa lixa nas arestas cortantes para alisá-las e convida o menino a erguer uma delas para o sol.

— Não é o ideal — ele diz —, mas dá para o gasto.

O menino fecha o olho esquerdo, observa com o outro, através do vidro enegrecido, a esfera do astro condensada num disco luminoso de contornos perfeitamente delimitados, o sol serenado.

Mais tarde, o filho se lembra das palavras do pai e o medo da cegueira o invade, o mesmo terror que sentiu bem no meio da noite em que chegaram a Les Roches, quando acordou no quarto mergulhado numa escuridão total e só chegavam a ele os sons desconhecidos da casa, da natureza circundante.

Ele não consegue, porém, se impedir de infringir as recomendações do pai e de erguer o rosto ao céu para desafiar a estrela com o olhar o maior tempo possível. O menino vira o rosto assim que sente a queimadura na córnea e guarda em seu campo de visão a imagem flutuante de um sol negro.

Apavorado com a ideia de ter *esburacado os olhos* e sem ousar confessar ao pai que lhe desobedeceu, refugia-se na floresta, entre as raízes da velha nogueira, onde, depois de chorar por um bom tempo, acaba pegando no sono, ainda com o espectro escuro flutuando atrás de suas pálpebras fechadas.

Ao acordar, recuperou a visão. Uma salamandra descansa à sua frente, numa fenda úmida e escura, e o encara com seu grande olho de obsidiana, sem pupila, perfeitamente preto.

No dia do eclipse, eles se instalam à frente da casa, com os cacos de vidro na mão. O céu parece de um cinza borralhento, ainda que aberto em alguns pontos de luz viva que desce a pique até a terra.

— Não vamos enxergar nada — diz o pai, contrariado.

Uma respiração contida se estende sobre a montanha. A mãe é a primeira a sentir o silêncio se assentar subitamente em torno deles quando a luz diminui e as sombras se tornam azuladas.

— Ouça — ela diz ao filho. — Os pássaros estão quietos.

Depois o céu se decompõe, uma onda de luz repele por um momento a escuridão, abrasa a copa das árvores antes de uma nova sombra ganhar terreno.

Num mesmo impulso, eles levantam os pedaços de vidro na direção do sol e veem o astro decrescer, engolido pelo disco preto da lua. A abóbada celeste se desenha, as trevas se estendem sobre a terra e uma umidade crepuscular se eleva do solo.

Enquanto ela vê o sol desaparecer completamente, devorado pelo corpo da lua, a mãe sente ressurgir dentro de si uma angústia surda e familiar, a intuição de uma desgraça vindoura, semelhante à que a fulminou ao ver a horta lavrada pelo pai, ou a certeza do acidente que acontece com o filho no sonho do balanço.

Com a respiração cortada por uma dor torácica, ela desvia os olhos do eclipse. Por um instante, o mundo está mergulhado numa luz vesperal, de um azul-ardósia, assustador, uma penumbra de túmulo cuja densidade a encerra e sufoca.

Ela solta o caco de vidro enegrecido, se afasta num passo rápido. Busca ar, bate o peito com um punho fechado, fecha os olhos para não ver a montanha mortificada, gangrenada pelas sombras purpúreas.

O pai não percebeu que ela já não está ao lado deles. Quando desvia sua atenção do eclipse, ele a vê parada na relva, a uma dezena de metros, o rosto para baixo, como que recolhida.

— Aconteccu alguma coisa? — ele pergunta, depois de se aproximar dela.

Ela sacode a cabeça e olha para ele, desamparada.

— É o bebê — ela diz em voz baixa, para não ser ouvida pelo filho. — Tenho medo de que algo aconteça.

— Como assim?

— Não sei. É difícil de explicar. Um pressentimento.

A lua se destaca do astro e a luz ressurge num ponto preciso de sua massa escura.

Atrás deles, o menino exclama:

— O sol voltou! Vejam!

O pai olha para o filho.

— Não há nenhuma razão para não dar tudo certo — ele diz. — Você só precisa de repouso.

— Acho que preciso ver alguém, um médico.

O pai passa a língua pelos dentes, leva uma mão concilia-dora ao braço da mãe.

— Você certamente se preocupa sem motivo. Vamos deixar passar alguns dias. Se continuar, então voltamos, está bem?

— Poderíamos voltar hoje, mais tarde — arrisca a mãe.

O pai sacode a cabeça e pousa a mão na bochecha dela.

— Se formos embora, será de uma vez por todas, você sabe muito bem. Peço apenas que espere um pouco. Não podemos tomar essa decisão assim, num impulso.

O polegar dele passa pelos lábios dela, se detém, calando-a enquanto a luz de novo rebenta sobre eles. O filho corre na dire-ção do dois e a mãe, lentamente, imperceptivelmente, assente.

O fim do verão se prolonga numa languidez hipnótica, em noi-tes tórpidas durante as quais até mesmo as pedras de Les Ro-ches exsudam umidade, dias sufocantes de calor, auroras ir-reais, nebulosas, logo cortadas pela lâmina do dia, crepúsculos de um vermelho incandescente desmoronando no instante se-guinte em trevas purpúreas, breus de carvão.

A mãe não acompanha mais o filho em suas excursões. Desde o dia do eclipse, ela se entrega a uma resignação silenciosa, à deriva em águas escuras onde nem o menino nem o pai podem alcançá-la. Ela está ali, entre eles, seu corpo se move, ainda que com perceptível lentidão, ela fala com eles, mas está re-fugiada num meandro de sua alma que a mantém à distância.

Ela passa longas horas caminhando pelos arredores de Les Roches sem se afastar, às vezes fuma com um ar de vago des-gosto — quando a vê com o cigarro nos lábios, o filho se dá conta de que ela tinha parado de fumar havia várias semanas —, absorta numa longa conversa interior, seu olhar cansado abarca as coisas que se apresentam a ela sem se deter, sem sequer vê--las de fato; ou então fica deitada em seu quarto, sua barriga pesada que a obriga a colocar-se de lado, e ela acompanha a gradação da luz passando pelas paredes.

Sensível à estranheza que a invade, o filho dá um jeito de manter a mãe em seu campo de visão, ou simplesmente fica em sua companhia. Ele tenta diverti-la com histórias que inventa, brincadeiras das quais ela participa sem entusiasmo e quase sempre recusa com o pretexto de que precisa descansar.

Ele traz para casa amoras que esmaga sem querer pelo caminho e que tingem de azul a palma de suas mãos, pequenos objetos que acabam atravancando o baú de metal verde-escuro: pedras com formas ou iridescências curiosas, peles de serpente, ossos esbranquiçados coletados perto de uma toca, galhos secos, ovos de melro cor de ágata… Ela come as frutinhas uma por uma, agradecida, guarda e contempla cada um dos pequenos tesouros como se tivessem sido trazidos de um mundo exótico, de uma realidade agora inatingível, ou como se fossem uma relíquia proveniente de uma época nostálgica e passada.

O menino, no entanto, volta a visitar os cavalos. Aquela presença tranquila, indiferente, é um contraponto à da mãe e do pai. Quando ele avança pela clareira, o rebanho ergue a cabeça, o potro ou uma égua relincham tranquilamente.

O menino limpa o olho cego do garanhão, passa os dedos pelas cavidades orbitais e pelos flancos magros do animal. Ele pensa em ficar entre eles, nunca voltar para Les Roches. Não dizem que existem crianças criadas por lobos? Para isso, porém, seria preciso abandonar a mãe nas mãos do pai, e ele sempre decide voltar para casa.

Por um tempo, mesmo breve, quando cochila na relva perto do rebanho, o menino se imagina galopando entre eles, sem outra necessidade, outra aspiração, além daquela liberdade plácida, a temporalidade misteriosa, emaranhada, da montanha, onde nada tem início nem fim, onde as coisas parecem sempre ter sido o que são e não ameaçadas por nenhuma destruição.

Uma noite, depois que caiu o sol — uma noite mais úmida e fria que as anteriores, já carregando a lânguida promessa do outono —, enquanto o filho se demora olhando para as estrelas que caem no céu, o pai se senta a seu lado.

— Qual foi a terceira vez? — pergunta o menino.

— A terceira vez?

— O seu pai. Você disse que ele usou o revólver três vezes.

— Ah — responde o pai. — Lembra da raposa de que falei? Aquela que tive aqui, em Les Roches.

— Sim.

O pai admite não ter dito a verdade quando afirmou não se lembrar do que acontecera com a raposa. Seu pai é que tinha encontrado o filhote recém-desmamado, e a raposinha imediatamente sentiu pelo menino uma confiança absoluta, a confiança que só os animais sabem conceder aos que os salvam. O pai disse que a raposa rapidamente se tornara o centro de sua vida, sua única companheira, vivendo, dormindo, brincando com ele até o dia em que sua presença se tornara insuportável ao velho, que talvez achasse que o animal lhe fazia sombra ou desviava o filho de seus deveres.

— Como saber o que se passava na cabeça dele?

Ele diz que o homem desenvolveu antipatia pela raposinha, que de certo modo começou a odiá-la, a dizer que ela acabaria mordendo o menino ou lhe passando uma doença, e uma noite, enquanto o menino dormia, ele a levou para abandoná-la em algum recanto da floresta, provavelmente a quilômetros de distância de Les Roches. Mas isso foi subestimar a capacidade que os animais têm de reencontrar seu caminho neste mundo, pois ela voltou.

— Ela estava aqui, tremendo na frente da porta à primeira hora do dia, seu pelo macio sujo de lama, cheio de galhinhos e espinhos.

Uma vez, duas vezes, três vezes a raposa voltou, sem dúvida guiada por seu olfato ou por um sexto sentido que escapa ao entendimento dos homens. E foi na terceira vez que o pai viu o velho usar o revólver, quando ele colocou num grande saco de lona a raposinha que se debatia como um diabo, já consciente do destino que dessa vez lhe seria reservado e do qual tudo indicava que não escaparia. Por mais que o menino se agarrasse a suas calças, sendo arrastado pelo velho direto no chão enquanto este puxava obstinadamente a perna, não conseguiu impedi-lo. Suas mãos não aguentaram segurar a aresta afiada da tíbia e acabaram por soltá-la.

— Fiquei com a cara na grama, gritando, batendo os punhos na terra mole, até que um tiro ecoou na montanha. Eu soube que tinha acabado, que nunca mais veria a raposinha.

Ele se deitou de costas, com a raiva subitamente erradicada, tão insuportável a ponto de desmoronar sobre si mesma, deixando-lhe apenas uma sensação de estranheza, de entorpecimento. O pai diz ter esperado sem abrir a boca que o velho retornasse, passasse por ele com o saco de lona vazio na mão, vazio e com um furo de tiro, sujo com o sangue da raposinha, e depois ele se afastou, deixando-o ali, assobiando como se tivesse simplesmente cumprido uma tarefa necessária, nem mesmo desagradável, e se parabenizasse por um trabalho bem feito, por ter restabelecido, com a morte da raposa, um equilíbrio cujas regras seriam conhecidas apenas por ele.

O pai é invadido por outros pensamentos e leva um cigarro aos lábios. A chama azulada de seu isqueiro brilha na escuridão. Ele aponta para o céu com a brasa do cigarro e diz ao filho que seus olhares só podem abarcar uma ínfima parte, uma parte tão ínfima que eles não podem sequer conceber a realidade do céu.

Ele diz que lá no alto há outras estrelas, outros planetas, alguns mergulhados numa escuridão tão absoluta que nenhum sol jamais os alcança, e, depois deles, outras galáxias mais, aos milhares, contendo cada uma bilhões de sóis, bilhões de planetas, e ele diz que para além de todas as coisas visíveis se encontram centenas de bilhões de galáxias.

— Existem outras Terras como a nossa? — pergunta o filho.

— Espero que não — responde o pai, depois de um longo silêncio. — Espero que não exista nada. Somente pedra, silêncio, gelo e fogo.

***

Uma noite, ao voltar do trabalho e abrir a porta, a mãe é atingida no peito pela risada dos homens vindas da sala. Ela permanece imóvel na penumbra em geral amena e hospitaleira da entrada, que a luz filtrada pelo vidro canelado da porta ilumina com um brilho âmbar.

Ela tira o casaco, pendura no cabide e fixa seu reflexo no espelho pendurado na parede, o rosto marcado pelo cansaço, os cabelos negligentemente presos com um elástico, um dos que ela às vezes enfia no pulso e puxa distraidamente com os dedos até que se esgarce.

Ela tenta recuperar a compostura, dissipar a apreensão e a lassidão que se mesclaram e instantaneamente remodelaram os traços de seu rosto no claro-escuro do vestíbulo, ainda que sem surpresa, sem o menor espanto, pois ela sabe o que a espera quando avançar na direção da aura de luz e fumaça de onde vêm as vozes simultâneas e vigorosas dos homens, de uma fraternidade empolgada demais para ser totalmente sincera. Ela provavelmente se preparou em segredo, se resignou e se antecipou, sabendo que a qualquer momento o pai poderia convocar o fantasma de Tony — ou melhor, o fantasma do que os três tinham sido juntos, do que eles representaram uns para os outros, e aos olhos de todos: o trio sucessivamente invejado, odiado ou desprezado —, que ele o convocaria inevitavelmente, que talvez seu retorno tivesse como único objetivo reuni-los e confrontá-los.

E quando ela caminha na direção do bloco de luz densificado pela fumaça dos cigarros, pelo calor que irradia de seus hálitos alcoolizados e de suas vozes sobrepostas no espaço confinado da sala, já leva no rosto a máscara de afabilidade tranquila, de indiferença cortês que no entanto sente prestes a se romper e cair em pedaços.

— Tony — ela diz, da porta da sala.

— Olá — responde Tony, virando o olhar para ela.

Ele esboça um gesto de se levantar e se senta de novo sob a atenção triunfante do pai, que apaga o cigarro na borda de uma latinha de cerveja vazia sobre a mesa de centro.

— Veja quem nos deu o prazer de uma visita.

A mãe sorri rapidamente.

— Onde está o pequeno?

— No quarto, imagino — diz o pai, com um desinteresse apenas velado.

Depois, com novo entusiasmo:

— Você poderia ter me dito que o Tony teve dois filhos!

A mãe não responde. Desde o retorno do pai, eles nunca falaram sobre Tony. Eles nunca sequer mencionaram seu nome, apesar de ele a todo momento queimar suas línguas, uma imprecação para ela, uma blasfêmia para ele, apesar de a presença, a ideia de Tony ter pairado sobre eles, mais que sua realidade de carne e sangue — sua existência simultânea à deles, naquela mesma cidade, a poucos quilômetros de distância —, fragmentos de um passado compartilhado. A lembrança viva, dilacerante dos gestos formados, das palavras pronunciadas, dos anos findos com a partida do pai, relegados ao limbo de uma vida que a todos parece anterior a esta, e que no entanto os reúne sob a luz velada e confortável do lustre da sala da casinha do bairro operário, onde eles parecem em vão tentar repetir uma das cenas em que os três figuravam juntos, inseparáveis.

— Gêmeos — acrescenta o pai —, você se dá conta?

— Sim.

— Ele me mostrou uma foto. Tony, mostre a foto a ela.

Tony se mantém imóvel, com um sorriso desolado nos lábios, absorto na contemplação da latinha de cerveja que ele tem nas mãos como se as palavras do pai não tivessem chegado até ele.

— Tony, mostre a foto para ela — repete o pai, num tom agora irrevogável.

Fustigado pela voz do pai, Tony se levanta com uma diligência culposa, traindo a docilidade com que seu sorriso consternado parece querer absolvê-lo aos olhos da mãe. Ele leva uma mão a bolso de trás de seu jeans e puxa uma carteira que vasculha nervosamente para retirar uma fotografia.

Ela se aproxima, pega a foto na qual contempla por um instante uma jovem mulher com o rosto manchado de melasmas de gravidez, segurando dois bebês rechonchudos.

— Dois homenzinhos — diz o pai, cujo olhar inquiridor ela sente sobre si. — Parecem com ele, não?

— Sim, parecem — diz a mãe.

— E a mulher dele, não é bonita?

— Muito bonita.

— É a Sylvia, está reconhecendo? Lembra da Sylvia, não? A mais velha dos Legendre, aqueles que têm...

— Claro que sim, conheço a Sylvia — interrompe-o a mãe.

— Claro que sim — repete o pai. — Claro que você a conhece.

— Vou nessa — diz Tony, guardando a fotografia na carteira.

O pai se levanta, colocando seu olhar na altura do de Tony. Seus corpos separados pela mesa de centro projetam suas sombras na parede — desde sempre, pensa a mãe, seus corpos são como polos opostos.

— Depois de todo esse tempo que não nos vemos, acha que vou deixar você ir embora assim de repente? Fique para comer.

— Obrigado — responde Tony —, mas não vi a hora passar. Eu já deveria ter voltado, a Sylvia está me esperando.

O pai solta uma risada seca e zombeteira.

— Telefone, ela vai entender.

— Não insista — diz a mãe. — Ele disse que ela está sozinha com os dois pequenos...

— Insisto sim, com razão! — exclama o pai, que estende o braço para agarrar o ombro de Tony e apertá-lo. — Inútil discutir, fique com a gente.

Tony assente e o pai, vitorioso, sorri para a mãe.

— Muito bem — ela diz. — Vou subir para me trocar.

— Vá, vá — ele responde, dispensando-a com um gesto brincalhão. — Nós preparamos o jantar.

Ela chega ao primeiro andar, para na frente do quarto do filho e o observa da porta entreaberta. Deitado de costas no tapete com pista automotiva, o menino mantém erguido à sua frente um dos bonequinhos de *Mestres do universo* comprados por dez francos num dos brechós organizados uma vez por ano no pátio da escola da cidade; um personagem de pele azul e rosto no formato de uma caveira amarela com uma careta demoníaca, de capuz e peitilho roxo, para o qual ele murmura histórias.

A mãe bate à porta e o filho vira o olhar para ela.

— Voltei. Você teve um bom dia?

O filho assente. Ela entra no quarto.

— Aconteceu alguma coisa?

— Você está zangada comigo? — pergunta o menino.

— Zangada? Por que eu estaria zangada?

— Porque fui eu que falei do tio Tony.

A mãe se senta no chão a seu lado.

— Quando você falou do tio Tony?

— Da outra vez. Quando fomos ao parque de diversões.

— Ele te fez perguntas?

O filho assente.

— E o que você disse?

— Nada. Só que ele às vezes vinha nos ajudar.

Ela pega suavemente seu queixo e ergue o rosto do filho em sua direção.

— Não estou zangada com você — ela diz. — Por que ficou preocupado?

O filho dá de ombros e volta sua atenção para o bonequinho.

— Não quero que se preocupe. Deixe que os adultos se acertem, está bem? Não há motivo algum para você se preocupar.

— Por que ele foi embora? — pergunta o menino. — E por que ele voltou?

— Eu gostaria de poder responder — diz a mãe. — Mas há coisas que um garotinho de nove anos ainda não pode entender.

— Já sou grande para entender.

— Talvez tenha razão. Espero que um dia você entenda. Tenho certeza que entenderá. Vou tomar um banho — ela diz, se levantando. — Logo vamos comer. Tony vai jantar conosco.

O filho não responde e ela se demora um pouco, com a mão no marco da porta, vendo o bonequinho voar nas mãos dele.

No banheiro, ela abre o jato da ducha, muda de ideia, fecha o ralo da banheira e gira a torneira para encobrir a conversa distante dos homens.

Ela se senta na beirada da cuba, invadida por um grande cansaço, com as mãos pousadas de cada lado das coxas, nos ladrilhos de porcelana. Ela não se move, com o olhar no tapete rosa a seus pés, embalada pelo barulho da água que forma grandes redemoinhos, pelo vapor ligeiramente clorado que ela sente subir atrás de si, se depositar nos finos cabelos de sua nuca e embaçar a peça. Ela se despe, deixa as roupas no chão, estica as pernas pesadas, os braços de articulações nodosas, doloridas pelos mesmos gestos repetidos o dia todo.

Ela entra na banheira fumegante de maneira a só ouvir sons abafados, o estalido dos canos, as ínfimas fricções de sua pele contra o esmalte da banheira. Ela passa uma mão pelo baixo ventre. O teste de gravidez não repousa há mais de dois meses, com o risco fatídico, no lixo de plástico azul perto da pia, no fundo do qual ela tomou o cuidado de enfiá--lo, relegando a notícia e suas consequências aos recônditos de sua mente?

Ela dobra as pernas para deixar o rosto escorregar sob a superfície da água. Imagens se elevam confusamente, uma voz interna que quebra como uma onda sobre sua memória, sua própria voz dirigida a si mesma através dos anos.

Ela vê o pai chegando na cidade, ainda adolescente, conhecido largamente pelos jovens da região, alguns haviam convivido com ele no pátio da escola antes de seu desaparecimento após a morte da mãe, levado para a montanha pelo pai — por razões que eles ignoravam ou que mais tarde esqueceriam —, e que dormia então num saco de dormir no banco de trás de um Renault 30 provavelmente comprado de um ferro-velho ou de um galpão de fazenda por um punhado de cédulas, depois consertado Deus sabe como com peças coletadas aqui e ali.

— E que ele dirigia sem carteira pois só tinha dezessete anos.

Foi assim que ele e o tio Tony se conheceram, em função dos carros que consertavam juntos, passando dias inteiros debruçados sobre motores desmontados, noites à luz de projetores e lanternas de cabeça na rampa automotiva de uma oficina mecânica, formando com alguns outros sujeitos um bando de rapazes convencidos, intrépidos, esquadrinhando as salas de bilhar nos fundos dos cafés que eles enfumaçavam e enchiam de ferozes gargalhadas, os bailes das aldeias vizinhas no verão, mantendo-se afastados do estrado montado na praça da igreja ou no estacionamento de um salão comunitário. Eles viviam numa realidade paralela, a de seu pequeno bando reunido em torno de carros cujos motores rugiam e escapamentos roncavam, de caixas de cerveja sobre capôs rutilantes, de garotas girando em volta deles, languescendo nos braços de uns e depois de outros, às vezes ao mesmo tempo.

— Antes de desaparecer, de retornar à banalidade de suas vidas e da cidade.

Eles despertavam inveja ou desprezo, pareciam zombar de tudo, conscientes de seus corpos vigorosos, que no verão desnudavam nas margens dos rios para se atirar do alto das pontes em fossos de água clara, e entre eles o pai — que ainda não era um, mas uma criança brincando de ser homem, inebriado, estupidamente orgulhoso da ideia de se tornar um —, o mais incansável de todos, o mais imprevisível, aquele que parecia imantá-los, reuni-los à sua volta; o mais selvagem também, pronto para uma briga quando achava que um sujeito com quem tinha cruzado num bar demorava demais o olhar sobre ele, mas velando pelos de seu bando com um afeto fraterno, quase amoroso. Desembarcavam na cidade como uma horda de pequenos deuses arrogantes, brigões, nem aí para as regras, para os falatórios, animados por uma força vital que, tanto para os rapazes quanto para as moças da região, parecia extraordinariamente invejável.

Eles tinham quinze anos, dezoito anos, vinte anos, tinham nascido ali, tinham crescido ali e já sabiam que a maioria deles acabaria envelhecendo ali, confinados àquela cidade medíocre, cingidos, cerceados no meio daquele vale encurralado pela montanha, condenados a sua condição de filhos e filhas de operários, almoxarifes, soldadores, carregadores, agentes de manutenção, alguns sonhando em fugir, com a sensação ainda viva, ardente, de que sua salvação estaria em colocar a maior distância possível entre a cidade e eles.

— Ao menos era ao que eu aspirava, com a sensação de ter sido mantida até então na antecâmara da vida, mergulhada num torpor embrutecedor, sob o domínio de uma mãe de presença árida, hostil, reprovadora.

E quando foi admitida no bando, ela quis acreditar na promessa de outra coisa, inebriada por sua vez pela aparente liberdade do pai, sua insubmissão, seu apetite, entusiasmada com as noites em claro, dissolvidas nos vapores de erva e álcool, no cheiro dos motores ardentes, nas corridas de carros pelas estradas sinuosas, perigosas.

— Quando, às altas horas, lhe acontecia bruscamente de se entristecer, quando o álcool soltava sua língua, quando ele começava a despejar seu ódio sobre a cidade com uma chama negra nos olhos, eu não via nenhuma ameaça, somente a promessa de que acabaríamos indo embora, de que ele encontraria uma maneira de nos tirar daqui.

Mas alguma coisa o detinha, sem dúvida a presença distante do pai que deixara na montanha, do qual ele não sabia quase nada, e quando aquele homem morreu, quando dois policiais se apresentaram à porta para anunciar que o corpo do velho tinha sido encontrado lá em cima, ele se contentou em balançar a cabeça sem surpresa, como se esperasse aquela notícia havia muito tempo. Ele recusou que alguém o acompanhasse para reconhecer o corpo, provavelmente se manteve sozinho e ereto ao pé do cadáver de seu pai sob a luz branca de uma câmara mortuária, e também exigiu ficar sozinho no dia em que o velho foi enterrado.

— Eu me lembro de uma chuva diluviana, de suas calças manchadas nos joelhos quando ele voltou, pálido, já assombrado.

Foi sem dúvida naquele momento que as coisas começaram a mudar — ao menos foi o que ela pensou, mais tarde, ainda que nenhum deles tenha a princípio tomado consciência daquela ínfima, daquela imperceptível mudança —, ele simplesmente se tornou mais calado, mais sério, seu humor mais imprevisível ainda, sua avidez pelas corridas redobrada. Na mesma época, aconteceu de ela os ouvir falar a meia-voz sobre carros que eles consertariam para levá-los até a fronteira, e ela fugia daquelas conversas, não queria saber de nada, pensar em nada. Quando acontecia de eles ficarem fora por dois ou três dias, ela não fazia perguntas, nem a eles nem a si mesma.

Depois de passar por alguns apartamentos do centro da cidade, eles se instalaram numa grande casa quase vazia que acabaram alugando com Tony — desde sempre o mais próximo, o mais devotado —, da qual a tropa festiva dos mais fiéis ia e vinha a qualquer hora do dia e da noite.

— A ignorância me parecia preferível, assim como também me parecia preferível a vida que levávamos, que eu ainda acreditava livre de todos os entraves, despreocupada, ainda que provavelmente nunca tenha sido.

E quando ela descobriu que estava grávida, buscou dentro de si mesma os recursos necessários para aplacar a vertigem que a princípio a tomou; ela pensou que conseguiria, que ser mãe seria uma maneira de se realizar, deixar para trás a longa e penosa infância que achava que nunca veria acabar, que ela se tornaria adulta e não teria escolha além de obter sua independência e liberdade.

— Quando contei sobre a gravidez, ele me abraçou, me beijou cem vezes os lábios, a testa, o nariz, as bochechas. Você vai me dar um filho, dizia rindo, cheio de lágrimas nos olhos, você vai me dar um filho. Precisei dizer que eu não sabia, ele não desistia, eu lhe daria um filho.

Ela nunca o vira mais feliz do que naquele dia, nas semanas e nos meses que precederam e seguiram o nascimento do filho. Mas isso sem levar em conta o que o perseguia, esse algo, o que quer que fosse, que ele carregou consigo no dia em que fugiu de Les Roches e que já não parava de levá-lo de volta para lá.

Ele começara a voltar para lá, sem lhe dizer nada a princípio, depois mencionando algumas obras de manutenção, somente para evitar que a casa desabasse, e cada vez que ela sugeria acompanhá-lo ele recusava, garantia que não havia nada a ser visto por lá, que ele a levaria um dia ou outro quando julgasse haver chegado o momento.

Nada mais existia aos olhos dela, apenas o filho que tinha acabado de ter, e ela não percebera o afastamento do pai, nem o vazio que aos poucos se criava em torno dele, inexoravelmente, os rapazes do bando que se afastaram, cansados de seus arrebatamentos, alguns mandados para longe, banidos do pequeno grupo por obscuras dissensões, ou porque desaprovavam e se recusavam a participar de seus "negócios", que o monopolizavam cada vez mais. Uma noite, um garoto de vinte e um anos tinha saído da estrada, destruído uma barreira de contenção e batido numa árvore à beira de um barranco, e aquele foi o fim das corridas clandestinas. Outros tinham encontrado trabalho, se acomodado, casado com uma garota da região. Todos haviam envelhecido sem nem mesmo perceber, e poucos tinham partido.

— A cidade tinha se fechado sobre nós, tanto que nunca tivemos a oportunidade de realmente escapar dela.

O pai se tornara a seus olhos um homem insondável, irascível, agastado, que agora lhe inspirava temor. O único que permanecia ao lado dele era o tio Tony, submisso, preso em sua rede; o leal Tony em quem a mãe encontrava a atenção, a doçura e a cumplicidade que faltavam no pai, uma amarga compensação aos sonhos que ela alimentara e que tinham sido reduzidos a pó.

Dois anos tinham se passado naquela grande casa fria que ele acabara mobiliando de maneira dispendiosa e desparelhada, onde ela vagava sozinha na maior parte do tempo, com o filho no colo. Sua mãe às vezes lhe fazia visitas ariscas e breves ao longo das quais elas se sentavam uma na frente da outra, a velha genitora com a bolsa sobre os joelhos ostensivamente fechados, varrendo com os olhos a peça em torno de si com um ar de desaprovação e suspeita, como se estivesse numa posição particularmente desconfortável, infamante até, bebendo com a ponta dos lábios o café que lhe era servido e perguntando de repente: Isso é realmente o que você quer? É realmente assim que você quer criar seu filho?

— Eu invariavelmente respondia com uma risadinha impertinente: O que está dizendo? Por que talvez acredite que sua vida vale mais, é mais respeitável, mais digna que a minha?

Então cada uma se refugiava em seu silêncio, o de duas mulheres que não suportavam contemplar na outra a mesma insatisfação, a mesma sensação de fracasso e desespero. Também acontecia de a avó apertar o neto nos braços com um fervor tão grande que parecia querer arrancá-lo da filha, livrá-lo do que provavelmente julgava ser sua negligência, sua irresponsabilidade.

— E eu me perguntava se ela não estaria certa, o que tornava sua presença ainda mais insuportável.

Depois houvera uma noite no meio da qual o pai, que devia ter se ausentado por vários dias, pousou uma mão sobre seu ombro, a tirou do sono para dizer que ela precisava se levantar, se vestir sem demora, reunir suas coisas e as do menino, e partir, pois de manhã alguns homens viriam buscá-lo e ele preferia que nem ela nem o filho, por menor que ele fosse, presenciassem aquilo.

— Ele me disse: o Tony vai te levar para a casa de sua mãe, e eu não pedi nenhuma explicação porque teria sido inútil, levantei sem dizer nada, fiz o que ele pediu, preparei uma pequena mala na qual coloquei o que me caía nas mãos, pois na verdade não me importava que me faltasse o que quer que fosse, inclusive me parecia preferível deixar tudo para trás, tamanha a raiva surda que eu sentia crescer contra ele, acumulada havia tanto

162

tempo que devia estar solidificada no fundo de mim, formando um nó duro, irradiante, prestes a rasgar meu peito.

O pai se mantinha ao lado dela, mas à distância, a observava colocar ao acaso na mala algumas roupas, um álbum de fotografia, algumas bugigangas, o que se leva numa fuga, com a espantosa sensação de humilhação. Ele se mantinha ereto e sério num canto da peça, também envergonhado, olhando para os próprios pés, como um adolescente perdido e, ao mesmo tempo, como um velho desencantado, e quando a mãe terminara, eles se viram um na frente do outro, ela segurando a mala com uma mão e o filho com a outra.

— Cuide bem dele, ele disse me beijando no canto da boca, um beijo apressado do qual me desviei virando o rosto, cuide bem dele até minha volta. Sua volta, repeti com todo o desprezo de que era capaz.

Depois ela saíra daquela casa e nunca mais ouvira falar do pai, até o dia em que ele efetivamente decidira reaparecer em suas vidas, e durante todo esse tempo ela guardara dos anos vividos juntos uma lembrança lancinante, uma nostalgia rancorosa, a certeza de que se ele voltasse ela lhe recusaria o perdão que ela o imaginava ter vindo implorar.

— Quantas vezes o repeli em pensamento, quantas vezes imaginei e repeti a recusa que lhe apresentaria, e quantas vezes senti meu coração implodir ao acreditar vê-lo numa esquina?

Mas quando ela o vira deitado em seu quarto, como se dormisse o sono dos justos, trazendo à tona os momentos vividos, desaparecidos, relegados às profundezas da vida, toda aquela raiva que ela fomentara, todo aquele ressentimento infinitamente ruminado desmoronou, carregado por uma esperança renovada, ressurgida daquela existência anterior, de que eles talvez pudessem ficar juntos, reunidos.

Agora, dentro da banheira, sua mente divaga ao ritmo surdo de seu coração, abolindo o espaço e o tempo; parece-lhe possível e desejável se dispersar no calor que a abraça e embala, se subtrair do mundo, da presença do pai, de Tony, mesmo do filho: aliviada de suas respectivas influências.

Ela não poderia apenas desaparecer?

Ela se endireita, respingando água nos azulejos do chão, e permanece sentada por um momento, com uma mão na borda da banheira e a outra sobre o seio.

O pai arrumou a mesa na sala, preparou um refogado de vagem congelada, pedaços de carne moída, batatas salteadas, tirou da geladeira mais latinhas de cerveja gelada. Ele agora demonstra um suave regozijo, se alegra com a presença fraterna de Tony, e Tony também parece visivelmente mais relaxado, sem temer as represálias que a jocosidade do pai antes parecia alimentar.

Os dois comem com um apetite jovial, falam sem parar. O pai quer saber tudo da vida de Tony, dos anos em que eles se perderam de vista: que trabalhos teve, ainda que fosse realmente dotado apenas para a mecânica, desde quando trabalha na companhia de eletricidade, se consegue ganhar corretamente a vida, como Sylvia e ele começaram a sair, onde eles vivem agora e quais são suas primeiras impressões da paternidade?

Ele ouve as respostas de Tony com uma impaciência perceptível apenas pela mãe, seu olhar a procura o tempo todo, toma-a como testemunha da vida construída sem ela por Tony, e ela se contenta em ouvir a conversa deles, sem conseguir se livrar de sua desconfiança e do pavor que mais cedo a invadiu no banheiro diante da ideia de seu próprio fim.

Ela se levanta para dissipar a angústia, acende um Peter Stuyvesant e entreabre a janela para arejar a peça. O filho lhe leva uma laranja, se senta no sofá e começa a folhear uma velha revista com a programação da televisão. Ela fuma um pouco vendo os telhados das casas desaparecerem na escuridão, descasca a fruta e estende os gomos para o filho.

O pai se empurra para trás no encosto da cadeira, leva um Marlboro aos lábios.

— Você se lembra do Lancia Thema 8.32? — ele pergunta.

— Está brincando? — responde Tony, puxando um cigarro do maço que o pai lhe estende.

Ele se inclina sobre a chama de seu Zippo que emana um cheiro de gasolina.

— Claro que lembro. Motor Ferrari 308, bancos de couro, revestimentos de nogueira.

— E o Mercedes-Benz 500? Um bólide — diz o pai, com os olhos brilhantes. — Lembra da noite em que o levamos para a Espanha? Fomos perseguidos por duas viaturas de polícia.

— Vá escovar os dentes e colocar o pijama — a mãe diz ao filho. — Dê um beijo no tio Tony.

— Cinco mil cilindradas, cem quilômetros por hora em seis segundos! Cheguei a quase duzentos e cinquenta na estrada.

Tony oferece uma bochecha, sobre a qual o menino deposita um beijo.

— Subo para o boa-noite em quinze minutos — diz a mãe enquanto ele deixa a sala a contragosto.

— Os idiotas ainda estavam passando a segunda marcha para entrar na pista e nós já estávamos no pedágio seguinte — diz o pai, rindo. — Quanto conseguimos, mesmo?

— Pelo 500? Dez mil, quinze mil, não lembro mais. Uma máquina daquelas se vendia a quarenta mil no mercado negro.

— Bons tempos. Precisamos admitir, bons tempos. Quando penso na banheira que dirijo agora.

Tony balança a cabeça e eles ficam perdidos em pensamentos, fumando seus cigarros.

A mãe corta a casca da laranja em pedacinhos que deixa no prato.

— Lembre-se que eles logo acabaram, os bons tempos — ela diz ao pai.

— Se o Cigano não tivesse me entregado, teríamos feito uma bela grana.

— Faz tanto tempo, tudo isso — diz Tony.

A mãe se levanta bruscamente para tirar a mesa e desaparece na cozinha. O barulho dos pratos se chocando dentro da pia e da água da torneira chega até eles.

— Vou dizer uma coisa — diz o pai, se inclinando na direção de Tony para falar em voz baixa —, nunca deveríamos ter confiado nos espanhóis, nunca deveríamos ter aceitado ser simples subalternos. Fomos realmente muito idiotas. Nos faltou ambição.

— Que nada. Só sabíamos trocar a placa para cruzar a fronteira. A maquiagem, a revenda, tudo isso era com o Cigano.

— Mesmo assim, poderíamos ter pedido mais e conseguido mais grana. Aquele imbecil enriqueceu às nossas custas.

— Ele acabou caindo, e os espanhóis também. Teríamos caído por outra coisa também, era uma questão de tempo.

— Mas você não caiu, não é mesmo, Tony? Você passou entre as malhas da rede — responde o pai, numa voz subitamente sem vida, fixando Tony atrás da cerveja que ele leva aos lábios.

Ele coloca a latinha em cima da mesa e acrescenta:

— Você poderia ter caído, mas eu nunca disse seu nome.

— Eu sei — responde Tony. — E sou grato por isso.

O pai assente sem responder e a mãe reaparece à porta da sala.

— Vou me deitar — ela diz —, estou morta.

— Tony estava justamente de saída — responde o pai, que se levanta sem tirar os olhos de Tony. — Vou acompanhá-lo.

Os dois homens saem para a noite amarela e fria do pátio.

— Um último, para o caminho? — pergunta o pai, oferecendo seu maço de cigarros.

Tony levanta o colarinho do blusão e recusa a oferta com um gesto da mão.

— Obrigado, já fumei demais, estou tentando parar.

— Ah?

— Sim, por causa dos meninos, Sylvia acha que é melhor.

O pai traga uma grande baforada, e eles observam sem dizer nada o calçamento brilhoso, respiram o cheiro familiar do bairro operário.

— Ah, Tony, Tony, Tony, meu velho — diz o pai.

Ele dá um lento mas firme soco no ombro de Tony, que dá um passo para trás sob a pressão do punho e ri brevemente.

— Fiquei feliz de te ver de novo — continua o pai. — Mas agora as coisas precisam ficar claras entre nós.

— Como assim? — pergunta Tony, com uma risada hesitante.

— Nunca mais quero que passe pela porta desta casa — diz o pai. — Nunca mais quero que passe pelo portão deste pátio, que caminhe por esta rua, ou qualquer rua do bairro.

— Do que você está falando?

— Não quero que se aproxime da minha mulher, nem do meu filho. Nunca mais quero ver sua cara de traidor nesta cidade. E se por acaso cruzar comigo, se algum dia cruzar com algum de nós, desvie o olhar, por favor. Desvie o olhar e suma o mais rápido possível.

Tony engole em seco na penumbra do alpendre, o pai avança em sua direção e o estreita num longo abraço, depois agarra seu rosto entre as mãos e beija sua testa.

— Porque tenho medo de não responder por mim — ele diz numa voz suave, contida. — Entende? Tenho medo de machucar você. Tenho medo de te matar, Tony.

Entre as mãos do pai, o rosto de Tony empalidece, sua pálpebra esquerda treme e ele assente.

— Agora vai — ordena o pai.

Ele entra no quarto, se senta ao pé da cama e tira a roupa com lentos gestos de bêbado, de costas para a mãe, que tenta não se mexer para que ele pense que está dormindo. Mas ele começa a falar com ela numa voz átona, nebulosa, profunda. Ele diz que espera dela uma nova chance. Que talvez ela tenha se perguntado sobre as razões de seu silêncio durante os anos de sua ausência e sobre as de seu retorno. Ele diz que não adiantava nada escrever, que um homem às vezes precisa saber fazer prova de humildade, pudor, e preservar os seus do opróbrio que o atinge. Como certos animais, que têm a presença de espírito, a discrição — a nobreza, inclusive — de se afastar, de se esconder quando se sentem feridos ou moribundos, ou quando eles sentem que sua fraqueza poderia prejudicar os seus. Mas se ele voltou é porque espera dela, a mãe, uma nova chance; é porque vem reclamar seu direito de ser novamente considerado um companheiro e um pai.

Ela entende pelo tom de sua voz que não se trata de um pedido. Ele se contenta em lhe informar que ela não tem escolha além de lhe conceder o que ele veio buscar junto a eles. E sem ter planejado, sem ter feito algum gesto prévio que indicasse ao pai que o ouvia, ela diz numa voz quase inaudível:

— Estou grávida.

Ele permanece imóvel. Ela juraria, no entanto, que o vê oscilar à luz cerosa que escorre da janela sobre a colcha.

— Tony é o pai?

— Que diferença faz — ela responde. — Que diferença faz?

— Nenhuma, suponho.

Ele se levanta, vestido apenas com uma cueca branca, contorna a cama e se deixa cair ao lado dela de costas, como uma árvore. Por intermináveis minutos, ele se mantém calado na penumbra amarela.

— Você se lembra de Les Roches? — ele pergunta.

Ela assente na escuridão.

Ele lhe diz que no passado tinha começado a restaurar aquela casa na montanha sem um objetivo preciso, para de certo modo honrar a memória de seu pai, mas que antes de regressar à cidade tinha voltado para lá, a fim de continuar as obras, dessa vez para que a mãe e o filho ficassem com ele, e que aquela era inclusive a única maneira de os três conseguirem se encontrar; que aquela estada seria a de seus renascimentos.

A emoção faz sua voz tremer. Ele procura às cegas a mão da mãe sobre o lençol e a aperta como uma criança.

— Me dê essa chance — ele diz — de provar que mudei.

* * *

No fim do mês de agosto, uma tempestade se abate sobre Les Roches.

O pai, a mãe e o filho dormem enquanto uma escuridão fuliginosa, mais densa que a noite, se acumula no céu, às vezes atravessada por convulsões luminosas que revelam colossais cumes enevoados.

No sonho do pai, o avô empilha as pedras de uma ruína edificada com empenho — ele sabe que se trata da casa de Les Roches, mas a pilha de pedras de alvenaria a seu lado é de proporções anormais, como se um edifício colossal antigamente se encontrasse ali, um castelo, uma fortaleza —, o muro que ele eleva está torto, ameaça desabar a qualquer momento e sepultá-lo. O pai hesita em avisar o velho, mas a ideia de que ele perceba sua presença desperta uma aversão profunda, ele pensa: do que tenho medo, se o velho já está morto e se trata apenas de um sonho? Depois, ao mesmo tempo, ele entende que seu medo não se deve à ressurreição do pai na dimensão do sonho, nem mesmo ao desabamento do muro, mas à certeza de que se ele se virasse, o avô teria o rosto dele, o filho, em vez do seu próprio.

No sonho da mãe, ela volta pela primeira vez em muito tempo ao espaço do parque infantil. O filho não está no balanço, mas sentado na grama ao lado dela, com a idade que tem hoje. Ela sente um grande desgosto oprimi-la ao perceber o tempo que se passou desde seu nascimento até aquele momento, os anos condensados no sonho em poucos segundos. Ela lhe diz, sem no entanto formar nenhuma frase com os lábios, que gostaria que ele parasse de crescer, que nunca se tornasse um adulto, que nunca conhecesse a brutalidade do mundo, que fosse poupado dela, e o filho abaixa um olhar acusador para seu ventre. Ela se lembra então de ter estado grávida de outra criança, embora não tenha nenhuma lembrança de a ter parido ou conhecido, e sua tristeza se torna a de uma perda irremediável.

O filho não sonha, ele mergulha num sono profundo, numa inconsciência salutar que não é perturbada pelo vento que sopra no teto, pelo grito dos pássaros noturnos, pela chuva que começa a bater no telhado e na lona de plástico.

A copa delgada e preta dos pinheiros que delimitam a orla do bosque é subitamente sacudida. Uma árvore cai no escuro coração da floresta, do qual se eleva um longo lamento, e os animais voltam às pressas a seus ninhos, tocas ou refúgios, para se abrigar. Um relâmpago sincopado ilumina a montanha, seguido no instante seguinte por uma explosão, e os três, pai, mãe, filho, acordam ao mesmo tempo.

O pai veste um jeans, se levanta para fechar as venezianas da abertura para fardos de feno que o vento bate violentamente. Uma borrasca carregada de chuva entra no quarto quando a janela é aberta e ele precisa lutar para conseguir fechar os anteparos.

Um novo relâmpago, de um branco de magnésio, rasga a noite, um trovão ensurdecedor faz tremer os vidros e tira o filho de sua cama. Ele aparece à porta do quarto dos pais, com os olhos arregalados de medo. A mãe levanta o cobertor a seu lado, o convida a se refugiar ali dentro e ele se aninha no aconchego quente e perfumado de seu corpo, enquanto o pai sai da peça.

A chuva agora cai em trombas contínuas sobre o telhado, o vento faz as telhas assobiarem, a lona se infla e se esvazia num farfalhar de asas.

A mãe e o filho vigiam o teto. Eles ouvem o pai abrir a porta de entrada quando uma rajada carrega um conjunto de ardó-sias que degringola telhado abaixo. A mãe se ergue na cama. O vento que entra pela porta do térreo desliza pelas lâminas do assoalho. Eles sentem o cheiro estonteante da noite sacudida pela tempestade, e quando um raio cai não muito longe de Les Roches, seus ossos vibram em uníssono com as pedras.

A mãe empurra o lençol e a coberta, leva o corpo para a beira do colchão e coloca os pés no assoalho quando um longo mugido se eleva acima deles, como se a tempestade tirasse sua força de seu próprio ímpeto, como se a densidade da noite fosse proje-tada contra a casa e a atravessasse de alto a baixo, decidida a levar Les Roches, cujo telhado emite um estrondo sinistro.

A mãe agarra o filho pelo braço para puxá-lo contra si no exato instante em que o teto cede, levantando uma parte do forro. Uma chuva de escombros cai sobre a cama e o assoalho, as ardósias do telhado se espatifam no chão à frente da casa e a mãe e o filho descem correndo ao térreo, com o rosto sujo de pó de gesso.

A chuva atravessa a peça única a partir da porta escancarada, im-pregna o chão de cimento e escorre para baixo da mesa. A mãe leva o filho tremendo para o sofá, corre para fechar a porta e avista o pai, ou melhor, sua silhueta imóvel à frente da casa, com os braços caídos, ereto como um mastro de mezena ou como um capitão no convés de um bote velho batido pelas águas e prestes a naufragar num mar revolto.

Ela leva alguns instantes para se dar conta de que se trata mesmo do pai parado ali, encharcado pela chuva, com a camiseta colando nos ossos de seu torso magro, anelado, de pés descalços entre os fragmentos das ardósia. Um relâmpago revela seu rosto desfeito erguido na direção do telhado, abrindo e fechando as pálpebras sob a chuva que lhe enche os olhos.

A mãe sai da casa, a chuva banha seu rosto e ela segue o olhar do pai. Ela vê uma sombra sobre o telhado, como uma grande asa de corvo batendo na escuridão; é a lona, que, presa por uma ponta, se infla e esvazia como um fole de ferreiro, levantada pelo vento. Quando uma nova rajada a arranca das telhas, ela se eleva pesadamente acima deles antes de ser levada para os segredos da noite.

A mãe transfere sua atenção para o pai, ainda petrificado, com o branco dos olhos esbugalhados na penumbra. Ela esboça um movimento em sua direção mas muda de ideia e volta para a casa, fechando a porta. Ela enxuga o rosto com uma mão, sem soltar a maçaneta da porta com a outra. O filho está prostrado no sofá, com as pernas dobradas junto ao tronco. Ela se senta ao lado dele e o limpa com gestos trêmulos.

— Está tudo bem — ela diz —, tudo bem. Está tudo bem.

Ela volta o olhar para a lareira, onde restam apenas algumas brasas sob as cinzas e subitamente sente o frio que reina na peça. Coloca vários pedaços de lenha na lareira, aninha-se contra o filho, que cobre com uma colcha e aperta contra si. As chamas não demoram a lamber a casca, atiçadas e sopradas pelo ar que entra no duto. O fogo logo crepita com raiva.

Eles esperam que o pai apareça a qualquer momento, mas a porta permanece fechada, o pai não se mostra, e quando a tempestade aos poucos se afasta, a calma volta à montanha, perturbada apenas pelo gemido apaziguado do vento, a cabeça do menino começa a cair, ele cabeceia, pesa sobre o braço da mãe e acaba adormecendo, com uma respiração curta e regular.

Ela acorda num sobressalto às primeiras horas do dia, consciente, antes mesmo de abrir os olhos, da presença do pai na peça. Ele dorme, sentado à mesa da cozinha, com o rosto enfiado na dobra do braço, sobre a toalha engomada. Os cabelos, que ele não cortou desde a chegada em Les Roches, colam em sua cabeça e suas roupas ainda estão encharcadas, seus pés nus cobertos de lama.

A mãe se senta na beira do sofá e estende a coberta sobre o menino. Ela se levanta com cuidado, caminha até a porta de entrada e contempla através de um dos vidros a paisagem imóvel à luz cinzenta da aurora. Lança um último olhar ao pai, abre a porta e sai.

Um cheiro de lama sobe das campinas batidas pela chuva. O chão está cheio de ardósias, ripas apodrecidas, ferramentas caídas, folhas, galhos carregados desordenadamente pelo vento. A lona está rasgada e presa num arbusto espinhoso a trinta metros da casa e a mãe vê o buraco no telhado, que se abre para a lã de vidro de um amarelo sujo, orgânico. Ela contorna o edifício e avista o que resta da horta, enterrada sob um derramamento de lama da encosta do terreno. Ela se prepara para voltar para a casa e descobre o pai atrás dela. Ele calçou um sapato e mudou de camiseta. Uma barba grosseira preenche a parte de baixo de seu rosto. Olheiras afundam seus olhos, que o cansaço faz brilhar estranhamente.

— Sinto muito — ela diz.

— Não — responde o pai. — Você não sente.

— Precisamos ir. Não podemos ficar aqui nessas condições.

— Não vou deixar Les Roches nesse estado.

— Não vê que acabou? Que não há mais nada a esperar desse lugar?

O pai leva um cigarro aos lábios e morde o filtro com raiva.

— Acho que você não entendeu direito o que tudo isso me custou — ele diz. — Você não compreendeu os esforços, as concessões, o engajamento pessoal que isso representou.

— Claro que sim.

— Tenho realmente a impressão de que está fazendo de tudo para tornar nossa vida impossível. Para tornar minha vida impossível. Você não pode fazer um esforço, caramba? Se responsabilizar um pouco? Demonstrar um pouco de boa vontade?

— Vou ter um filho, preciso de acompanhamento médico. Estou grávida de sete meses e nem vi uma parteira ainda. É uma loucura. Consegue entender isso? Não é nada contra você. Não posso ficar aqui.

— Você não *quer* ficar aqui. Nunca quis ficar aqui. Nem por um momento você realmente quis nos dar uma pequena chance. E você faz de tudo para me provar que estou errado, que não podemos recuperar nada.

Ele levanta na direção dela o indicador e o dedo médio que seguram o cigarro, acompanha cada uma de suas frases com um gesto seco, sem parar de ir e vir sobre seus passos, e ela pisca os olhos a cada movimento de seus dedos.

— Você só pensa em si mesma e no garoto — ele berra. — Acha que não percebo que tenta me excluir da relação de vocês? E agora usa um bebê como pretexto.

— Não é um pretexto, é uma realidade, acho que você...

— T-t-t-t — ele a interrompe, cortando o ar com o cigarro. — Pare com essas asneiras. Está se comportando de maneira totalmente egoísta. Desde que chegamos aqui, deu a entender que não estava satisfeita. Talvez ache que Les Roches não é suficiente para você?

— Você não viu que uma tempestade acabou de arrancar metade do telhado dessa maldita casa? — ela diz numa voz embargada pelos soluços que a afogam. — Que faz semanas que não fazemos nada além de sofrer: essa clausura, sua presença ao nosso lado, sua obsessão por este lugar. O que você espera de mim? Que eu dê à luz nesta montanha?

— Espero apenas um pouco de respeito — grita o pai em resposta, com um jato de saliva. — Um pouco de maldito respeito e reconhecimento! Que você pare de ficar o tempo todo gemendo e se queixando. Que entenda que tem exatamente o que merece, nem mais, nem menos. Ninguém além de mim estaria disposto a oferecer mais nada, entende?

A mãe esboça um movimento de recuo.

— Você acha mesmo que Tony aceitaria esse filho? — ele continua. — Que ele teria sacrificado a própria vida familiar por você? Ora, por favor. Por acaso conhece muitos caras que teriam aceitado acolher você e ficar ao seu lado sabendo que o filho que carrega é de outro?

— Você fala como se tivesse nos dado a escolha de vir para cá — diz a mãe. — Você sabe muito bem que isso não tem nada a ver comigo, nem com o Tony, nem com o bebê. Tudo sempre foi sobre você, desde o início, seu orgulho, sua vaidade, sua raiva. A questão nunca foi voltar para nós, nos dar uma chance.

— Por que me seguiu, então?

— Por que segui você? Está realmente me perguntando isso? Segui você porque fiquei com medo, ora. Segui você porque tenho medo de você. Até seu próprio filho tem medo de você.

O pai solta uma gargalhada cortante.

— Olhe para você — diz a mãe, enxugando o nariz com o dorso da mão. — Está irreconhecível. Como se estivesse sendo devorado por dentro por algo terrível, algo que está transbordando e ameaça carregar tudo.

— Não diga besteiras.

— Nos deixe ir embora. Nos acompanhe até a cidade, por favor. Nos leve para casa. Se não for por mim, pelo nosso filho.

O pai vira o olhar para a casa, atira o cigarro no chão e o esmaga com a ponta do pé.

— Iremos embora quando eu achar que está na hora de ir — ele diz. — Me deixe em paz, agora, suma da minha frente. Tenho trabalho a fazer.

Duas semanas depois, ao avaliar que se passou tempo suficiente para ele não suspeitar que ela quisesse deixar Les Roches, ela decide fugir com o filho.

O pai remendou a lona com fita adesiva e a recolocou no telhado do jeito que pôde, para fechar o buraco, mas o quarto que a mãe e ele ocupavam permanece fechado, as placas de gesso do forro quebradas continuam em cima da cama, e ele volta a passar as noites no sofá, enquanto a mãe e o filho dividem o outro quarto do primeiro andar.

Todas as noites, ela espreita seus movimentos no térreo: o momento em que ele entra, a luz que passa pelos interstícios do assoalho, o som abafado de seus passos indo e vindo da pia à mesa, da mesa ao sofá, seu peso afundando no assento de veludo da velha poltrona, o cheiro de fumaça dos cigarros que ele fuma um depois do outro vendo a lenha queimar até que o sono o leve, o odor de seu suor, um odor de fera que ele agora arrasta consigo por toda parte.

Ela aproveita um momento sozinha com o filho para lhe dizer que eles irão embora naquela noite, depois que o pai tiver dormido. Ela diz que eles não devem levar nada. Que precisam preparar as roupas antes de dormir. Ela diz ao menino que ele pode descansar por algumas horas, que ele precisa tentar dormir porque a caminhada será longa, e que quando ela o acordar, eles precisam se vestir sem falar, o mais silenciosamente possível, para não chamar a atenção do pai.

Ela lhe mostra a mochila que preparou, na qual colocou cantis cheios de água, um pacote de torradas, dois blusões extras, a chave do carro e uma lanterna.

Ela explica ao filho que eles precisam encontrar o caminho utilizado na vinda, que não será fácil de reconhecer no escuro, mas que os conduzirá ao carro. É preciso torcer para que ligue, diz a mãe, caso contrário eles continuarão a pé pelo tempo que for necessário para chegar até a primeira casa, sem dúvida uma das fazendas cujas edificações austeras eles tinham visto ao longo da estrada durante a subida.

O que acontecerá depois ela não diz, mas o filho adivinha. Por enquanto, é preciso descansar, armazenar forças, principalmente não esquecer de não fazer nenhum barulho quando chegar a hora.

À noite, eles estão deitados um ao lado do outro no quarto do filho, com as roupas e a mochila ao pé da cama. Eles perscrutam o teto, a calma ameaçadora da casa, condensada pela espera do retorno do pai, que imaginam estar vagando em torno de Les Roches na escuridão da noite. Entregue a que ocupações misteriosas? Não fazem a menor ideia, pois ele não começou nenhum reparo no telhado depois da tempestade, e nem mesmo juntou as ardósias quebradas. O pai se contenta em ir e vir, fechado em seu silêncio atrabiliário, murmurando atrás de sua barba, de onde emergem a brasa de um cigarro mastigado e o branco de seus olhos desvairados, monologando o dia todo.

O menino tem a impressão de que nunca conseguirá conciliar o sono, tanto a apreensão da mãe lhe é perceptível, com seus próprios membros percorridos por pequenas descargas elétricas, seu coração batendo com força na caixa estreita de seu torso. Mas de tanto prestar atenção aos barulhos ambientes, ele acaba fechando os olhos e não vê nada nas poucas horas de sono durante as quais a mãe fica acordada a seu lado, com todos os sentidos à espreita, totalmente consciente da presença do menino e da criança que leva dentro de si, da dependência deles em relação a ela, de sua vulnerabilidade.

Quando ela acorda o filho, por volta das duas horas da manhã, colocando um dedo sobre seus lábios, ele pensa recém ter adormecido. Imediatamente lhe vêm à mente as instruções da mãe e o medo volta a apertar sua garganta.

Eles se vestem em cima do colchão, saem cautelosamente do quarto, se imobilizam assim que o assoalha range sob seu peso. Ao chegar à escada, a mãe faz sinal ao filho para esperar. Ela desce primeiro, toma o cuidado de colocar o pé na ponta dos degraus, até que bastava se abaixar para enxergar a peça do térreo mergulhada na penumbra.

O pai está adormecido na poltrona, com a cabeça caída para trás, a boca aberta. A mãe levanta o rosto para o filho, faz sinal para que ele se junte a ela e guia cada um de seus passos à medida que ele desce em sua direção.

Ela o levanta antes que ele chegue aos últimos degraus, o deposita no chão a seu lado e, enquanto ela pega os sapatos deles, o filho fica paralisado ao pé da escada, com o olhar fixo no pai, cuja face encovada pelo brilho das chamas está irreconhecível, o perfil direito engolido pela escuridão, o pomo de Adão mais saliente na traqueia do que o habitual, como se a noite revelasse alguma coisa de seu verdadeiro rosto: uma pilha de ossos, de nervos, de protuberâncias cartilaginosas.

A mãe toca o braço do filho, o intima a avançar na direção da porta, mas enquanto eles atravessam os poucos metros que separam a escada da entrada, um pedaço de lenha queimada desaba ruidosamente sobre si mesma na lareira. Ela puxa o filho para si, tapa sua boca com uma mão quando o pai sobressalta na poltrona. Ele abre os olhos, murmura alguma coisa ininteligível e volta a fechá-los, pegando novamente no sono. A mãe e o filho não se movem mais, com os corações em suspensão, até que um novo ronco se eleva da barba do pai. Ela tira a mão da boca do filho e o insta a avançar. Eles abrem a porta, nenhuma corrente de ar entra na peça; a noite está fria e sem vento.

Ela fecha a porta atrás deles com derradeiras precauções, eles colocam os sapatos de caminhada e se afastam no claro-escuro de uma lua quase cheia que lhes permite contornar a casa e pegar o caminho íngreme sem precisar recorrer à lanterna. Quando estão suficientemente distantes, ela aponta à frente deles o feixe luminoso que ilumina as plantas escuras, as depressões lodosas, as rochas, os troncos viscosos, e realça as profundezas orgânicas, viscerais da montanha.

Mas a mãe sente dificuldade para avançar. Ela pede ao filho que diminua a velocidade enquanto eles alcançam as campinas, cobertas de névoa no dia em que chegaram a Les Roches, agora envernizadas pela luz pálida da lua, sem limites distintos. Ela se detém para recuperar o fôlego. Insetos aparecem e desaparecem no feixe da lanterna e ela permanece um instante absorta na contemplação de seu voo frenético, consciente da calma da noite, de seu murmúrio surdo.

Ela não diz nada ao menino sobre o mal-estar físico que a invade, a dor difusa em seu ventre, nem sobre a sensação de ter se precipitado com ele na escuridão insondável. Eles continuam seu avanço sobre a vegetação úmida que molha seus sapatos e a parte de baixo de suas calças, atravessam correntes de ar viscosas que carregam o imemorial perfume de apodrecimento vegetal dos bosques. À medida que se aproximam, a floresta que se ergue à sua frente lhes parece um contraforte umbroso, os galhos das árvores modelados por sombras azuis, folhagens profundas e imóveis que o espectro da lanterna não consegue penetrar.

Eles seguem o sulco profundo de uma trilha fechada, entrando na escuridão mais espessa da floresta. A mãe se detém, varre os arredores com a lanterna, iluminando troncos idênticos, samambaias lívidas. A lembrança da subida se esfumaçou e a escuridão torna a topografia do lugar irreconhecível; eles escolhem avançar ao acaso, guiados pelo desnível do terreno e pela depressão do caminho.

— Mamãe — diz o filho.

Ele aponta, num nível abaixo da trilha, para a fonte onde mataram a sede no dia da subida, sob o tronco erguido de uma árvore morta. Eles se aproximam e a lanterna sonda o fundo da água translúcida, afugentando larvas de salamandra que desaparecem rapidamente sob as folhas mortas que cobrem o leito da fonte.

Eles retomam a marcha e o menino abre caminho quando a mãe sente um líquido quente saindo de seu corpo, escorrendo pela coxa. Uma angústia a atravessa, um soco no esterno, uma descarga até a última falange de seus dedos. Ela se detém, vacila, leva a lanterna aos dentes para liberar as mãos.

Ela levanta as abas da parca, abre os primeiros botões do jeans, desliza uma mão até o sexo e a coloca sob o feixe da lanterna, descobrindo seus dedos avermelhados por um sangue claro. O filho se vira para ela e ela enxuga rapidamente a mão na coxa enquanto ele sobe em sua direção. Ela lança um olhar para cima e depois para baixo na trilha, tenta canalizar os pensamentos que afluem e lhe martelam a cabeça — os itinerários, as alternativas, as ameaças e as incertezas. Uma dor lhe retorce de novo o ventre e a obriga a se encostar na borda terrosa do caminho.

Quando o menino a alcança, ela agarra suas mãos e o instiga a se agachar à frente dela. Ela lhe diz para ouvir com atenção. Ela diz que gostaria de poder deixar a montanha com ele, mas que não se sente bem, que o bebê que está carregando não se sente bem, e que precisam desistir de seguir em frente. Ela também diz que não faz mal, que ela vai acabar convencendo o pai da necessidade de deixar a montanha, mas que agora o menino precisa voltar para Les Roches para avisá-lo e pedir ajuda, pois ela não vai ter forças para percorrer de novo aquela distância sozinha.

— Você consegue encontrar o caminho? Entendeu bem o que estou pedindo?

O filho assente.

— Então vá buscar seu pai. Pegue a lanterna e vá buscar seu pai.

O menino pega a lanterna e se afasta. Um pouco acima no caminho, ele se detém para olhar mais uma vez na direção do corpo encolhido da mãe, que não é mais que uma sombra entre as sombras, depois desaparece na escuridão.

Eles a encontram adormecida no lugar onde o filho a deixou, com o capuz da parca na cabeça, os lábios azulados pelo frio úmido do bosque.

O pai se agacha ao lado dela e coloca uma mão sobre seu ombro. Ela acorda, olha para ele, olha para o menino que se mantém na trilha. O homem a ajuda a se levantar, a passar um braço por seus ombros para apoiar seu peso sobre ele e a sustenta com uma mão em seu flanco.

Enquanto retomam o caminho para Les Roches, avançando num passo pesado, oscilante, ele lhe diz que ela correu um risco inconsiderado ao decidir partir sem avisar com o filho no meio da noite, no estado em que se encontra, que ela mostrou uma forma de imprudência, colocando em perigo não apenas sua vida e a da criança que espera, mas também a do menino entregue a si mesmo, que ela se mostrou irresponsável, mais uma vez, uma última vez, indigna da confiança que ele depositou nela.

— Você só pode culpar a si mesma.

Ele lhe fala numa voz calma, quase cochichada em seu ouvido, inaudível para o filho que caminha à frente deles, agora morto de cansaço, numa voz tão desaprovadora e indulgente quanto se repreendesse uma menina pequena, uma doente insubmissa aos cuidados que lhe fossem prestados, e a mãe se cala enquanto o pai a carrega na direção de Les Roches, sob os primeiros tons azulados da aurora.

Quando chegam à casa, ele a ajuda a subir ao primeiro andar, a tirar a roupa, a se sentar na beira do colchão do quarto do filho. Ele cobre seus ombros com uma coberta. Ela se mantém sentada sob o olhar do menino, tremendo, silenciosa, o rosto abaixado para suas palmas abertas.

O pai se ausenta para buscar uma bacia de água quente e uma luva, com a qual limpa o rosto da mãe, seu pescoço, suas mãos, o sangue escurecido em suas coxas.

— Preciso de um médico — diz a mãe mais uma vez, mas numa voz apagada, resignada; uma constatação desiludida, formulada para si mesma.

— Você sabe muito bem que é impossível — responde pacientemente o pai. — Olhe para você. Não podemos mais sair daqui.

Ele executa seus gestos com uma suavidade meticulosa, mergulha a luva, torce-a, pega o braço dela pelo punho, levanta-o, estica o cotovelo, os dedos um a um, esfrega a pele lívida, a linha da vida suja de terra na palma da mão, mergulha de novo a luva no fundo da água quente.

A mãe não responde, não esboça nenhum gesto, dócil às abluções do pai. Ele a convida a se deitar de lado, ela se deixa virar sobre o quadril e ele a aconchega na cama com o mesmo cuidado, como se afagasse um animal arisco finalmente acostumado a sua autoridade, ao qual ele indicasse com suas carícias e atenções que perdoava suas afrontas.

Ela fecha os olhos e adormece, se retira para as profundezas consoladoras em que o mundo se dissolve, e não sente nem os dedos que o pai passa por sua têmpora nem o beijo que ele ali deposita.

O pai pede ao filho que deixe a mãe sozinha. O menino dormirá no sofá, ele na poltrona. Quando o filho se deita, ele o avisa: para que a mãe não perca o bebê, precisa ficar na cama e se poupar. O menino lhe implora que a leve a um médico que trate dela e cuide do recém-nascido, mas o pai balança a cabeça, garante que já não é possível voltar à cidade; a caminhada poderia ser fatal aos dois.

— Ela precisa recuperar as forças e tudo ficará bem. Agora durma, estamos juntos, nada pode nos acontecer.

Ela cai num langor dolente, só deixa o colchão para se agachar sobre um balde que o pai lhe deixa à guisa de penico. Ela passa do sono à vigília sem ter certeza de poder distinguir um do outro, as impressões de seu mal-estar a perseguem até em seus sonhos, onde se repetem indefinidamente as mesmas fugas por bosques profundos e hostis, a terra escura que engole seus passos, a certeza de ser perseguida por alguma coisa indizível lançada em seu encalço, as visões de valas com crianças mortas que ela precisa escavar com as mãos nuas em busca das suas.

Quando acorda, está agarrada aos lençóis para evitar uma queda vertiginosa, encharcada de suor, a cabeça ardendo em febre. Uma sensação de irrealidade escorre do mundo dos sonhos para o espaço fechado do quarto, liquefaz as luzes, distorce as formas e os sons.

No dia seguinte ao retorno a Les Roches, quando o filho a visita e se deita a seu lado, ela lhe promete mais uma vez que eles irão embora assim que o bebê nascer e que ela tiver recuperado as forças. Depois, tomada pela febre e pela angústia que a atormenta, ela não lhe diz mais nada.

Nos dias que se seguem, o pai continua a lhe levar água, tigelas de sopa de pacote que ele precisa levar a seus lábios com a colher. Ele sobe e desce as escadas com seu passo pesado, muda e lava os lençóis, estende-os num varal à frente da lareira, onde ficam impregnados com um cheiro de cinzas, limpa o balde sanitário que atira no mato alto à frente da casa.

Ele mantém o filho à distância, não o autoriza a ficar muito com ela, com o pretexto de que ela precisa de tranquilidade e repouso; o menino espreita do térreo cada indício da presença da mãe no quarto, seus suspiros, o surdo farfalhar de seu corpo sob os lençóis, seus pés descalços no assoalho quando ela se levanta.

Ele também não perde o pai de vista, tenta compreender e prevenir suas deambulações suspeitas, suas idas e vindas ao primeiro andar, seu comportamento errático, o silêncio ameaçador que ele rompe com gestos bruscos, exclamações pronunciadas a meia-voz, como se travasse um incansável debate interior.

Quando o pai pede ao menino que o acompanhe ao anexo para ajudá-lo a carregar lenha, mostra-lhe uma grande caixa de papelão onde estão empilhadas latas de fórmula infantil para bebês, mamadeiras, fraldas, roupinhas de segunda mão, e o filho entende confusamente que o pai nunca cogitou voltar para a cidade antes do nascimento do bebê, que as provisões tinham sido levadas por ele antes da ida a Les Roches para que permanecessem ali por muito mais que um único verão, por um tempo indefinido, vários meses, um ano, talvez mais, e que o cadeado com código colocado na porta sempre trancada com cuidado não é para prevenir o improvável roubo de suas reservas, mas para impedir a mãe e o menino de entrar ali e entender suas intenções.

Uma semana depois da tentativa de fuga de Les Roches, a mãe é acordada pela sensação de uma sombra que rebenta sobre ela.

De manhã, quando o pai sobe ao andar e entra no quarto, ele a encontra imóvel, seu rosto lívido contorcido sobre o travesseiro, suas pernas enredadas nos lençóis empapados de sangue, já enegrecidos em alguns pontos, e de onde emana um cheiro de metal. Seus olhos velados fixam o cinza do céu além da janela do teto.

Ao lado dela, numa dobra da coberta, repousa a criança à qual ela deu à luz durante a noite em total silêncio, como uma caça mortalmente ferida que pare sua ninhada sabendo que não sobreviverá, e o bebê é uma coisinha púrpura, coberta de mucosidades, igualmente inanimada e silenciosa.

As pernas do pai fraquejam sob seu peso. Ele cai de joelhos ao lado do colchão, agarra o rosto da mãe entre as mãos, tira uma mecha de cabelo colada à sua testa e lhe suplica que volte, que não lhe faça aquilo, que não o abandone. Ele a sacode, cola a boca em seus lábios, seus dentes batendo nos dela, para insuflar-lhe um ar que a garganta obstruída recusa.

Ele em vão pressiona as mãos juntas sobre o peito da mãe para reiniciar a fria mecânica do coração. Ele a endireita e a abraça, beija sua têmpora dura e acaricia sua bochecha. Ele lhe pede perdão, perdão, perdão. Ele lhe promete voltar para a cidade, abandonar Les Roches, reduzi-la a cinzas se preciso, se esse for o preço de sua ressurreição, mas ela lhe opõe toda sua resistência de cadáver, oco, banal, abandonado.

Ele vê o punho do bebê se fechar na dobra da coberta, no frágil ninho que a mãe talvez tenha preparado antes de se apagar, levada por uma hemorragia, esvaziada de seu sangue sem ter pronunciado uma única palavra, no quarto escuro de uma cabana com o telhado desabado, no coração de uma montanha desolada.

O rosto se contrai, a minúscula boca púrpura, também silenciosa, se abre revelando gengivas rosadas à procura do peito materno. O pai estupefato coloca a mãe sobre o lençol. Ele pega a criança, que levanta à sua frente com as mãos trêmulas, e o bebê o fixa com seus olhos cinza-claros sem emitir nenhum som além de uma respiração quase inaudível.

Ele tira a faca do bolso, puxa a lâmina e corta o cordão umbilical, depois tateia o chão em busca de um pano, enrola o bebê, aperta-o contra o peito e se levanta.

Quando ele se vira, vê o filho à porta do quarto, o olhar fixo no lençol ensanguentado que cobre metade do corpo da mãe. Ele sai do quarto e fecha a porta, passa uma mão no rosto para enxugar as lágrimas e o ranho preso nos pelos de sua barba, depois destapa a cabeça pegajosa do bebê para mostrá-la ao filho.

Com a voz entrecortada por soluços, ele diz:

— É uma menina.

Embora nascida antes do tempo, a pequena sobrevive, alimentada com fórmula infantil pelo pai, que a mantém ferozmente contra o peito para mantê-la aquecida, envolta em mantas, e fica por horas a fio sentado na poltrona perto do fogo, embalando-a num movimento desarranjado.

Ele não a nomeia, e a bebê, tendo talvez adquirido da mãe o pressentimento da ameaça que o pai representa e do preço muito alto pago por sua existência, só chora de maneira quase inaudível quando a fome a atormenta, mas em contrapartida mama a mamadeira com uma avidez conscienciosa, um apetite feroz.

Ela às vezes agarra um dos dedos do pai durante o sono e o segura com firmeza; o homem contempla a mãozinha translúcida de unhas compridas contendo sua falange e, sacudido pelo choro, as lágrimas absorvidas pelos cueiros da menina sobre os quais elas caem, ele lhe promete honrar a memória da mãe e cuidar dela.

O filho fica o dia todo prostrado ao pé da escada, no primeiro degrau, espreita o andar cujo acesso o pai lhe proíbe, à espera de um sinal da mãe que desmentisse a visão de seu corpo vislumbrado nos lençóis escarlates, mas a casa permanece mergulhada num silêncio lúgubre que o pai rompe ocasionalmente, como se continuasse uma conversa interrompida mais cedo, dirigindo-se ao filho, à mãe, a si mesmo, ao espectro de seu pai.

O mutismo que a bebê lhe opõe acaba pesando sobre ele como uma acusação, uma reprimenda.

Os olhos cinzas o fixam sem piscar.

— O que você quer de mim? — ele berra de repente. — Você não pode se comportar normalmente, como qualquer porcaria de criança?

A recém-nascida estremece em suas mãos mas não solta nenhum grito e o pai a abandona em seus panos para se esquivar de seu olhar, batendo com tanta força a porta da casa atrás de si que racha a guarnição.

A presença do corpo da mãe no quarto pesa sobre eles noite e dia como um sortilégio.

Se ele a deixou lá, pergunta-se o filho, não é porque ainda está viva, de uma maneira ou de outra? Será que não lhe falta nada? Como ela ocupa seus dias e noites? Será que há o risco de ela pensar que ele a abandonou, ela não chora pela criança que lhe foi tirada?

Na ausência do pai, o filho se aventura ao primeiro andar, mas ao chegar ao topo das escadas é atingido por um mau cheiro ácido, reconhecível entre mil. O espaço embaixo da porta foi selado pelo pai com panos, toalhas, e somente a fechadura filtra a fraca luz do dia, que um pequeno corpo metálico recebe e obstrui. O filho vê sair do buraco uma mosca-varejeira — a "mosca da carne", dizia a mãe quando uma delas, provavelmente nascida num container de lixo, entrava na cozinha da casa do bairro operário e se batia contra as janelas — que cai de costas e zumbe por um momento no assoalho, descrevendo círculos antes de se imobilizar. Imagens de carcaças encontradas nos bosques lhe vêm à mente — pelagens irreconhecíveis, desmesuradamente inchadas, cobertas por legiões de vermes —, e ele desce correndo as escadas na mesma hora.

Eles se alimentam apenas de enlatados que o pai serve sem se dar ao trabalho de aquecer, em pratos já sujos. A louça se amontoa no meio de latas metálicas cheias de bitucas de cigarro, sobre a toalha manchada de comida, cheia de restos. O pai mal toca na comida, se senta na frente do filho, que se força a comer por medo de represálias, e fuma com gestos entrecortados por sobressaltos.

Seus olhos estão marcados por olheiras profundas, seu rosto ainda mais terrivelmente emaciado. Ele se desloca com os ombros arqueados, em movimentos bruscos, a brasa dos cigarros brilhando à frente de seu rosto marrom de sujeira.

Ele agora passa longas horas sentado numa cadeira na frente da porta de vidro, com o revólver em cima da coxa. Com a ponta da faca de bolso, dedica-se a cortar a pele morta das mãos, tirar as farpas presas em seus dedos. Ele limpa na calça o pus que tira de feridas reabertas.

— Eles vão vir — ele diz ao filho. — Eles vão acabar vindo.

— Quem? — pergunta o menino.

O pai esboça um gesto de desdém.

— O agente do serviço público. Os da cidade. Talvez até o filho da puta do Tony.

Uma noite, o gerador atrás da parede de pedra tem um ataque de tosse seguido de sobressaltos mecânicos; a luz da lâmpada nua vacila no teto da peça única do térreo e depois se apaga, mergulhando Les Roches na escuridão. Na lareira, as cinzas apagaram as brasas.

O pai sai para inspecionar a instalação. Uma fumaça acre escapa do anexo, que ele precisa arejar antes de poder pisar lá dentro. Preocupado com o cheiro, o filho se junta a ele sem atravessar o umbral da peça. Acocorado, com o cabo de uma lanterna segurado entre as mandíbulas, o pai constata que o gerador, do qual ele retirara o bloco de segurança para aumentar a potência, estava queimado e não poderia ser consertado.

A cartilagem de seus joelhos estala quando ele se apoia na coxa para se levantar. Ele chupa os dentes, com os olhos fixos no maquinário fumegante. Quando está prestes a sair, seu olhar avista uma marreta cujo cabo repousa contra a parede. Ele coloca a lanterna sobre a pilha de lenha, pega a ferramenta, retrocede e acerta o gerador, a cada golpe o estertor de seu peito seco se junta ao estrondo do metal.

Ele despedaça o cárter, quebra o reservatório, que se derrama no chão, a gasolina lhe salpica o rosto, a cabeça de metal rompe o cabeçote, arrebenta a correia. O pai só se detém, ofegante, quando o coração da máquina está definitivamente desossado, aniquilado. Ele parece recobrar subitamente a calma, deixa cair a marreta a seus pés, no pó, e pega a lanterna antes de sair. Ao primeiro golpe de marreta, o filho fugira para a casa e, com a irmã apertada contra si, se refugiara num canto escuro embaixo da escada.

Alguns dias depois, ele está sentado à frente do menino na suposta hora do jantar. A lanterna suspensa a uma viga com um pedaço de barbante lança sobre suas frontes um círculo de luz branca que gira lentamente ao sabor das correntes de ar. O pai colocou o revólver à sua frente na mesa e olha para o filho, que leva aos lábios pequenas garfadas mastigadas com dificuldade. O rosto do menino se emaciou, a luz alta da lâmpada acentua suas bochechas encovadas. Ele precisa constantemente puxar as calças para a cintura. Não toma mais banho, seus cabelos, que cresceram desde a chegada a Les Roches, estão oleosos e cheios de nós; a sujeira escurece as dobras de seu pescoço, de seus braços, de seus punhos. O pai pega a coronha da arma e aponta para o menino.

O filho solta o garfo e permanece imóvel, com os olhos arregalados, fixando o cano do revólver, que treme tão violentamente diante de seu rosto que o pai precisa se ajudar com a mão esquerda para conseguir estabilizá-lo. Mas ele subitamente perde as forças, seus braços desabam, seu rosto se contrai numa careta assustadora e ele solta um longo rugido desesperado antes de varrer a mesa com o braço, enviando pratos, talheres e restos mofados de comida para o chão. Ele tira do tambor do revólver as três balas colocadas mais cedo, uma para o filho, uma para a bebê, uma para ele, depois se levanta e vai guardar a arma na gaveta do velho guarda-louças do anexo.

O cadáver da mãe logo empesta a casa com um cheiro de matadouro. As moscas chegam ao térreo, se aglutinam nas janelas, nas vigas, voam em batalhões que zunem e se chocam na lâmpada que sujam de excrementos.

Somente então o pai decide enterrá-la.

Ele reúne uma pilha de tábuas, ripas, tacos encontrados no anexo e nas ruínas das dependências contíguas. Ele os amontoa na frente da casa, começa a serrar, aplainar e montar sobre dois cavaletes um cofre retangular grosseiro, de caráter e cores discordantes, que a seguir lixa pacientemente, com o rosto e os antebraços salpicados de serragem, em meio a um cheiro de madeira quebradiça, e só quando ele coloca uma tampa o filho entende que ele construiu um caixão para a mãe.

Ele enrola a bebê em mantas espessas, pede ao filho que o siga ao anexo, onde pega uma picareta e uma pá, depois estende o cabo de uma ao menino.

Eles atravessam um nevoeiro que esconde o mundo num raio de dez metros, na direção de uma sombra que resulta ser a de um abrunheiro de galhos retorcidos, azulados de líquens e bagas púrpuras, ao pé do qual o pai deposita a bebê adormecida.

Ele caminha em torno da árvore, enfia na vertical a lâmina da pá em diversos lugares até encontrar uma área de terra macia, delimita um retângulo de cerca de dois metros por oitenta centímetros e começa a cavar.

Uma chuva fina começa a cair novamente, mas o filho se mantém ao relento perto da cova, suas roupas logo ficam molhadas. Ele vê o pai retirar nacos de terra preta, que deposita na beira do buraco e sobre os quais se contorcem pedaços de minhocas.

O homem cava com a mesma tenacidade de quando preparou o pedaço de terra para fazer a horta, mas agora sem raiva, sem fúria; ele cava com uma obstinação desolada, perdida, metódica, com os olhos fixos no fundo do buraco, que a cada golpe se torna mais profundo, mais geométrico e mais escuro.

Ele não presta atenção no filho nem na recém-nascida que dorme ao abrigo dos galhos azuis do abrunheiro, dos quais caem frutas maduras que grudam nas dobras das mantas e rolam sobre a fronte aveludada da bebê.

Depois de horas de esforço continuado a golpes de picareta, quando o pai chega a estratos pedregosos sobre os quais a ponta da ferramenta esbarra, com o túmulo chegando à altura de sua coxa, ele coloca as mãos na beira do buraco, ergue-se e se deixa cair de costas.

— Não aguento mais. Não consigo cavar mais — ele diz, sem que o filho saiba se essa constatação é dirigida a ele.

Ele fica deitado ao lado da cova, com sua magreza doentia, seu rosto macilento de estátua jacente, suas órbitas profundas, como se ele tivesse sido esvaziado de sua substância e só lhe restassem os ossos.

Suas mãos embarradas ainda seguram o cabo da picareta apoiada em seu peito. Lençóis de bruma se dissolvem no céu, abrindo-se nas alturas de um azul de calcedônia em que avança lentamente a silhueta fusiforme de um avião. Nenhum som chega até eles, mas a visão da aeronave é em si o surgimento inaudito de uma realidade paralela, a remanescência do mundo que eles deixaram para trás ao vir para Les Roches e que parecia não existir mais.

Eles a seguem com os olhos enquanto ela aparece e desaparece entre as nuvens fendidas por sua carlinga oblonga, cintilante, irreal, e depois desaparece atrás dos picos, deixando atrás de si um rastro de condensação logo diluído no firmamento.

O pai se apoia no cabo da picareta para se levantar, solta a ferramenta e se afasta.

— Espere aqui — ele diz ao filho sem se virar.

Sozinho ao lado da cova, o menino não consegue deixar de se aproximar para sondar o fundo, a poça ocre que se formou e que reflete sua silhueta inclinada, recortada no azul do céu.

Atrás dele, a recém-nascida agora despertou, levanta as mãos para a sombra borrada dos galhos cujo tremular ela tenta apreender. O menino se senta a seu lado e, como ela tenta abocanhar o ar, ele leva delicadamente seu dedo mínimo a seus lábios. A bebê engole a primeira falange e a mastiga, acalmando-se.

Eles descansam entre o perfume agridoce dos abrunhos pisoteados, observam-se por um longo tempo, parecem se reconhecer ou reconhecer no outro a permanência da mãe e, por um tempo suspenso, a montanha forma em torno deles um ambiente favorável e doce.

Então o pai volta.

Ele equilibrou e prendeu o caixão no carrinho de mão. O menino se levanta, o observa avançar com dificuldade na direção deles. A roda bate nas pedras e o ataúde ameaça cair ora à esquerda, ora à direita. Ao chegar perto da cova, o pai solta a cinta e, com uma manobra difícil, consegue inclinar o pé do caixão, segurando o topo. Ele o deposita à beira da cova e desaba. Ao cheiro das frutas maduras do abrunheiro se mistura o perfume ácido e adocicado que sai pelas frestas das tábuas do caixão. O pai fica com as mãos no chão, tomado de náuseas violentas, até que um fio de bile amarela escorre de seus lábios e cai na grama.

Ele enxuga a boca, ofegante, desce na cova e pede ao filho que empurre o caixão para ele. O menino a princípio não consegue esboçar nenhum gesto, mas o pai aponta para o ataúde com uma mão imperiosa, de unhas compridas e sujas. O filho obedece, empurra com todas as suas forças para fazê-lo escorregar na grama alta, até a borda embarrada da cova, onde seus pés escorregam. Quando o caixão vira, ele sente a massa rígida do cadáver da mãe bater contra as tábuas de madeira. O pai o agarra por uma ponta, puxa-o para si, suporta seu peso até que ele lhe escapa e bate no fundo da cova, levantando jatos de água amarela que o atingem no rosto.

Ele sai do buraco a muito custo, pega de novo a pá e a enfia no monte de terra molhada, mas o filho pula em sua direção e se interpõe entre o pai e o corpo da mãe. O menino grita a plenos pulmões para que a deixe em paz, que não se aproxime. Jura que o odeia e que gostaria que fosse ele o morto no fundo daquela cova, daquele caixão. Com os punhos fechados, bate com toda a força na barriga, no torso, nos braços do pai, que aguenta, impassível, cansado ou firme, os golpes amortecidos pelo tecido de suas roupas encharcadas pela chuva. O filho acaba se cansando, e só lhe resta fulminá-lo com seu olhar afogado em lágrimas, cheio de raiva e desespero.

— Você pode me odiar o tanto que quiser — diz o pai —, mas é tarde demais. O que está nesse caixão, no fundo desse buraco, não é mais ela. É tudo menos ela.

Ele volta a enfiar o fio da pá no monte de terra, atira a primeira pazada na sombra da cova, que cai sobre a tampa de madeira com um barulho de cascalho, e o filho agora impotente o observa encher a cova, enterrar os restos mortais na escuridão mineral do ventre da montanha.

E quando ele termina de enchê-la, quando o único sinal restante da existência da mãe é um simples retângulo de terra revirada sobre o qual a campina logo retomará seus direitos imperiosos, sem nem mesmo uma cruz fabricada com dois galhos e plantada enviesada no monte escuro para assinalar seu lugar, o pai acende um cigarro e diz:

— Agora vamos voltar.

Ele arrasta sua carcaça funesta na direção de Les Roches, e o filho, cujas lágrimas secaram, pega a irmã no colo, lança um último olhar para o túmulo e o segue.

Como se fosse possível que a vida continuasse ali sem a mãe, como se o pai esperasse que o filho ocupasse a seu lado o lugar que ele tinha tido junto de seu próprio genitor, ele retoma e realiza os mesmos gestos que, mais cedo, tinham sido os do cotidiano dos três em Les Roches — antes que a realidade se desconjuntasse e explodisse em pedaços —, aquele cotidiano lancinante, aquele enfeitiçamento, aqueles dias vazios de tudo, cheios da presença magnética da montanha.

Depois de atirar para fora da casa o colchão e os lençóis marcados com uma mancha preta, como um sudário, ele os aspergiu de gasolina e ateou fogo. Uma fumaça densa infesta Les Roches à medida que o colchão consumido pelo fogo revela as molas e a espuma crepitante de suas entranhas. Ele se mantém à frente do fogo, que reaviva com um jato de gasolina, o rosto sem nenhuma expressão, o olhar fixo no coração das chamas, e quando finalmente se vira, é para ir cortar lenha e guardá-la no anexo.

Seguem-se dias de uma lenta deriva outonal, de claridade tristonha, de horas indistintas, auroras e crepúsculos se sucedem numa variação de luzes monocromáticas sob uma chuvinha contínua, a montanha engolida pela manhã por uma mortalha de bruma.

O filho se isola na companhia da recém-nascida. Ele a alimenta, troca, embala, pronto para antecipar cada uma de suas necessidades, a fim de manter o pai afastado, que os vigia de soslaio, ora com um olhar inexpressivo, como se seu corpo estivesse ali mas tivesse sido abandonado, ora com um ar alucinado.

O menino volta todos os dias ao túmulo da mãe, que as chuvas e noites úmidas aplainaram. A vegetação ceifada e revirada pela enxada volta a brotar na superfície em mudas pálidas. O filho leva para lá as pedras retiradas pelo pai do espaço da horta, as dispõe sobre o túmulo como um ínfimo sepulcro, sobre o qual deposita braçadas tardias de flores do campo, cardos, margaridas e dedaleiras com corolas secas que farfalham suavemente quando um vento brando atravessa a campina.

Da mesma maneira que vira a mãe fazer, ele acumula furtivamente um pequeno farnel, provisões infantis que dissimula embaixo do sofá quando o pai está de costas: algumas latas de conserva, fórmula infantil, uma lanterna, uma manta isotérmica, penduricalhos, uma camiseta da mãe que conservou seu cheiro. Ele espera, tão paralisado pela presença tormentosa do pai quanto pela perspectiva de também ele fracassar, mas algumas semanas depois do enterro da mãe, quando vê o homem encher o carrinho de mão com galões para ir buscar água, o menino sabe que precisa aproveitar a chance.

Ele presta atenção no som do plástico se chocando contra o metal, no estalo regular da roda sobre seu eixo enquanto o homem se afasta pela encosta margeada de urtigas, na qual cospe um catarro denso depois de pigarrear, e assim que o barulho se atenua, o menino corre até o sofá, se deita de barriga no chão de concreto para tirar o que escondeu lá embaixo e guardar tudo numa mochila.

Ele sai da casa e vai ao anexo. Desde que chegaram a Les Roches, várias vezes vê o pai abrir o cadeado com código, dissimular o mecanismo ínfimo dos cilindros dentados sob a polpa de seu polegar e girá-los novamente, deixar o cadeado pendurado na fechadura com a alça refletindo friamente a luz. O filho memorizou com precisão a sequência dos primeiros números. Ele agora procura com gestos febris a combinação dos dois últimos, olha por cima do ombro com medo de ver o pai reaparecer a qualquer momento, mas o cadeado resiste entre seus dedos embotados pelo medo, não descobre nenhum código, os pequenos cilindros giram em vão sobre seu eixo.

O menino avista a picareta utilizada pelo pai para cavar o túmulo da mãe, caída na vegetação. Ele a arrasta até o anexo, tenta levantá-la acima da cabeça, mas o metal da ferramenta, pesado demais, cai pesadamente a seus pés e a ponta se enfia no solo macio. Ele a agarra de novo, com as mãos mais para cima, o cabo apoiado no osso da bacia, e a lança várias vezes sobre o cadeado. A picareta sempre desvia a trajetória, arranha a madeira da porta, mal toca o ferrolho de metal. O braço do menino treme com o esforço, sua respiração fica curta. Ele descansa a ferramenta por um momento a seus pés, prestes a desistir, antes de voltar a levantá-la num impulso redobrado e deixá-la cair com um grito de raiva. A ponta dessa vez acerta o ferrolho que se solta da porta.

O filho larga a picareta, agarra o ferrolho com as duas mãos. Com um pé inteiro sobre a porta, puxa com todas as suas forças até arrancar a lingueta que o faz cair de costas. Ele se levanta num salto, se precipita no anexo até as gavetas do antigo guarda-louça, esvazia o conteúdo a seus pés. As três balas rolam no chão em meio às bugigangas, mas o revólver não está em nenhuma delas. O menino as recolhe, as contempla em sua palma e se prepara para desistir quando vê a ponta do tecido manchado numa das prateleiras superiores do móvel. Ele coloca as balas num de seus bolsos, sobe no guarda-louça, pisa no espaço vazio da gaveta e se eleva com a força de seus braços até pegar o pano com a ponta dos dedos. O pacote cai no chão e revela o revólver que agora repousa, pesado e fosco, sobre o pó. O filho desce do guarda-louça, pega a arma e volta para a casa.

A recém-nascida acordou no fundo do pequeno berço que ele lhe preparou numa caixa de maçãs. Ela o encara com os olhos tranquilos enquanto ele enfia o revólver na mochila e solta apenas um suspiro profundo quando ele a enrola numa manta e a pega nos braços. Ele caminha na direção da porta, se prepara para sair, mas se detém para se virar e contemplar o infecto cafarnaum da peça única. Ele volta sobre seus passos, pega na lareira um pedaço de lenha com a ponta em brasa e a coloca em cima do sofá, entre as almofadas do assento. Ele espera para ver as chamas se elevarem tranquilamente, lamberem sibilando o veludo puído, e atira alguns punhados de gravetos empilhados pelo pai ao lado da lareira.

Ele se afasta o mais rápido que o peso da bebê e da mochila permitem, não na direção da trilha previamente utilizada com a mãe, que correria o risco de conduzi-lo até o pai, mas através dos campos, na direção das alaranjadas florestas de larícios. Somente quando chega à orla do bosque é que ele se vira na direção de Les Roches para contemplar o incêndio que a consome. Ele avista um halo avermelhado na claridade que declina, igualmente avermelhada, a ponto de parecer que o fogo tomara o céu inteiro. Uma grande coluna de fumaça preta se afasta para o oeste.

O menino permanece imóvel, a aura incandescente brilha em sua íris negra. O que não vê de seu posto de observação, ele imagina: as chamas tocando as vigas e as tábuas, chegando ao primeiro andar num formidável crepitar, subindo raivosamente ao assalto das divisórias, dos madeirames, o pai descobrindo no caminho de volta a casa devastada pelo fogo, soltando o carrinho de mão, pesado com os galões de água, para correr na direção de Les Roches. Ele cairá de joelhos, enfrentará as chamas para procurar nos escombros os corpos do filho e da recém-nascida?

O menino atravessa a orla e se embrenha na sombra alaranjada da floresta. Ele avança sob as árvores, mas pena para carregar a irmã, que adormeceu. Seus músculos antes paralisados pelo medo agora tremem. Ele segue na direção da velha nogueira enquanto o dia escurece e, chegando ao pé da árvore, coloca a bebê no chão, perto da cavidade entre as raízes, puxa até ali um galho morto, que deixa ao alcance da mão, empurra a mochila para o buraco e escorrega com a recém-nascida lá para dentro, depois puxa o galho para dissimular o acesso. O lugar exíguo lhe deixa espaço apenas para tirar da mochila um cantil de água, a mamadeira e a fórmula infantil, preparar o leite e alimentar sua irmã, que mama com obstinação passeando seus pequenos dedos no rosto do menino. Um grande cansaço agora o oprime. A claridade do bosque declina, um frio úmido se ergue, impregnado do perfume da noite, de poças de água estagnada, de cepos e de samambaias rançosas. Ele tira a camiseta da mãe da mochila e enfia o rosto nela para aspirar seu cheiro.

A voz do pai chega até ele em seu sono. Ele acorda bruscamente e faz a irmã sobressaltar. Atrás do galho que oculta o buraco, o menino adivinha o bosque mergulhado numa penumbra glacial. A condensação de seus dois corpos unidos satura a cavidade com um ar úmido e empestado por um bafo amargo. O menino tateia a fralda cheia da bebê e faz uma careta.

Por um momento, ele acredita ter sonhado com a voz do pai e se prepara para acender a lanterna quando a voz ecoa novamente, gritando seu nome, tão próxima que o faz estremecer. O topo de seu crânio bate na parede terrosa que desmorona

sobre seus ombros. Passos se fazem ouvir, um farfalhar de samambaias, galhos pisoteados, uma respiração rouca.

O feixe de uma lanterna atravessa o bosque, se demora
acima deles, sua luz fragmentada pelo galho que os esconde;
o filho retém a respiração e o feixe continua seu caminho
enquanto o pai o chama de novo, com uma voz desesperada,
suplicante, que o filho não conhece. Ele implora em silêncio que sua irmã se mantenha tranquila e ela lhe devolve um
olhar pacífico, suas narinas tremem de leve a cada uma de
suas inspirações.

Os passos do pai se afastam. O filho ainda espera longos minutos até não ouvir mais que o familiar murmúrio da floresta.
Ele empurra o galho à entrada do buraco, passa a cabeça para
fora para inspecionar os arredores, e não percebendo nenhum
sinal da presença do pai, sai com a bebê encostada no peito, re-
cupera a mochila e segue às cegas pelo bosque.

Ele caminha em direção à correnteza. O rugido cobre o som
de seus passos quando ele se aproxima. A água tem reflexos de
mercúrio e serpenteia como uma cobra langorosa entre as pedras. Ali, o filho pode dispensar a luz da lanterna. Ele se detém
à margem, deposita a irmã envolta na manta sobre uma grande
rocha plana. A correnteza os envolve com um frescor úmido que
o faz tiritar. Ele tira as fraldas de pano da recém-nascida, limpa-a
com elas, começa a lavá-las na água gelada que entorpece seus
dedos, mas percebe que não conseguirá secá-las e deixa a corrente levar o tecido.

Ele vasculha a mochila em busca da camiseta da mãe, a
amarra em torno dos quadris da bebê e a enrola com a manta,
até que uma sombra massiva, vislumbrada de canto de olho,
atrai sua atenção e interrompe seus gestos. Um urso avança na
direção deles, sai tranquilamente do bosque e solta uma exala-
ção profunda. Sua pelagem marrom e densa adquire reflexos
de um azul espectral sob a luz da lua. Aterrorizado, o menino

se enrola todo sobre a irmã e não se move mais. O urso se aproxima da correnteza, mata a sede por um longo tempo. Quando volta a levantar a cabeça, a água escorre de sua boca. Ele se sacode, boceja, revela as presas de suas mandíbulas poderosas e avança na correnteza. O menino tenta se fazer ainda menor, com o corpo encolhido, petrificado sobre o da bebê. Ele sente o urso se aproximar, agora pode sentir o cheiro de seu pelo úmido, animal e vegetal ao mesmo tempo, como se a pelagem do urso retivesse o perfume do musgo do bosque. O animal se mantém a seu lado, a menos de dois metros de distância, e o fareja. Sua respiração rouca toca a nuca do menino, que inclina de leve a cabeça em sua direção e vislumbra uma de suas grandes patas sobre a pedra, a pelagem molhada, as unhas curvas. Depois, o urso parece perder o interesse no menino, se vira e se afasta ao longo do curso de água num porte soberano. O menino ainda fica um bom tempo imóvel, seus joelhos e seus cotovelos ficam doloridos de sustentá-lo, e quando ele finalmente ousa se reerguer, a única coisa que resta da presença do urso é uma pegada cinza sobre a pedra.

O halo amarelo da lanterna pula no chão ao ritmo de sua corrida, sem que ele tenha a menor ideia da direção em que avança. A floresta a seu redor se tornou mais densa, mais escura. Quando ele se detém, com todos os sentidos à espreita, percebe o rumor que o cerca, composto de mil ínfimos sons: o oscilar das árvores ao vento, a queda contínua de folhas mortas, garras de aves noturnas arranhando a casca dos galhos sobre os quais esperam em vigílias atentas.

Nos braços do menino, a recém-nascida começa a se agitar e gemer. A fome e a sede a atormentam. Ele sabe que logo precisará parar de novo, mas se põe novamente em marcha, escolhe seguir por uma encosta ascendente. Ao fim de uma caminhada difícil, chega a um terreno plano e se vê obrigado a margear um despenhadeiro cheio de pinheiros secos, enraizados diretamente na pedra. O feixe da lanterna passa por seus troncos retorcidos, as rochas exsudam a umidade da noite, enegrecidas pela água e pelo suco que delas escorre, depois o halo é apanhado por uma ampla cavidade parcialmente obstruída pela vegetação.

O filho se detém, perscruta as profundezas opacas, se pergunta se seria uma antiga mina de extração, semelhante à que ele descobrira durante uma de suas peregrinações, ou a toca do urso. A exaustão atenua seu medo; aquela boca aberta no corpo da montanha lhe parece menos temível que a perspectiva de ser encontrado pelo pai. Ele abre passagem até a densa escuridão da caverna, passa por um estreitamento que obrigaria um adulto a abaixar a cabeça e descobre um ambiente cuja abóbada se eleva a cerca de três metros de altura. Paira no ar um cheiro de cripta úmida e fria.

Com a irmã apertada contra o corpo, o menino passeia o feixe da lanterna pelas concreções calcárias que se estendem do teto até o solo no ponto em que o espaço afunda na direção de profundezas de ramificações secretas. Sua atenção é atraída por estranhas marcas na superfície plana e granulosa de uma parede. Ele se aproxima para contemplar os vestígios de uma pintura rupestre que representa uma criatura de patas finas, a cabeça com galhadas de ramificações complexas, longas como raízes; o animal é perseguido por três silhuetas humanas. Duas estão armadas de lanças, a terceira não tem nenhuma, mas um risco escuro está plantado no flanco da criatura.

O filho não sabe que nenhum olhar humano pousa sobre aquele afresco desde tempos imemoriais, quando foi traçado com óxido de ferro e giz. Ele fica fascinado com aquela aparição no feixe da lanterna; tem a impressão de ouvir os cascos pisoteando o solo duro e a respiração curta dos homens, de sentir o medo da presa e a excitação dos caçadores.

Ele se afasta, por fim, pois sua cabeça começa a girar, e se encolhe contra uma parede. A luz dirigida para o rosto da recém-nascida revela sua tez pálida, seus lábios azulados. O menino a fricciona como a mãe fazia com ele para reaquecê-lo. Ele leva à boca as pequenas mãos da bebê reunidas entre as suas, e exala sobre elas o ar quente de seu peito. Quando a irmã parece revigorada, ele abre a parca para colocá-la contra seu corpo, desdobra a manta isotérmica e a estende sobre seus ombros. Ele tira da mochila uma lata de atum, puxa a tampa e bebe o suco. Ele come o atum ralado, mastigando-o demoradamente. Ele também come alguns dos biscoitos amanteigados que a mãe o fazia mergulhar em leite quente de manhã, e é fulminado pela sensação de sua profunda solidão, pela ideia da perda irremediável da mãe.

Impressões de sua presença amorosa lhe vêm à mente, de suas pródigas atenções, e também as imagens do corpo vislumbrado à porta do quarto no primeiro andar da casa de Les Roches, do buraco embarrado escavado na terra, do caixão vacilante grosseiramente fabricado e pregado pelo pai. E se ele não chora, é porque um ódio feroz se apodera de seu corpo, faz seu coração e suas têmporas baterem, irradia de seus membros. Seu nome chega até ele de novo, gritado de algum lugar da floresta pela voz do pai, cada vez mais grave, espectral, como que se elevando da própria montanha. O filho vasculha a mochila, tira o revólver, no qual insere as três balas com gestos trêmulos. A arma dócil faz um clique e se fecha em suas mãos. Com as abas da parca sobre a bebê, o filho apaga a lanterna e permanece imóvel, segurando o revólver com firmeza, olhos abertos para a escuridão total da gruta.

Antes que amanheça, relâmpagos rasgam a noite, revelam grandes nuvens escuras prestes a se abater sobre a terra. Uma chuva densa começa a cair, detida por um instante pela copa frondosa das árvores, atravessa as folhagens pesadas e martela o solo.

O menino teve um sono entrecortado, sobressaltando-se ao menor ruído. A noite lhe pareceu uma longa deriva entre vigília e devaneio, invocações da mãe, reminiscências de caçadas no bosque, que ele não saberia dizer se sua mente as criara do nada ou se elas tinham pertencido a outros antes dele.

Ele se levanta, urina contra a parede, enche o cantil na chuva que escorre sobre a pedra na entrada da caverna. Ele tenta alimentar a irmã com o resto da fórmula infantil, mas ela vira obstinadamente a cabeça. Ela parece fraca, sonolenta e transida de frio. Ele a enrola na manta isotérmica, coloca o capuz e deixa o refúgio.

Uma bruma espessa cobre o bosque. Os troncos não são mais que linhas pretas de copas invisíveis. O menino olha em volta sem conseguir se localizar. A chuva crepita a seu redor, seus passos escorregam sobre o tapete de folhas mortas, como se a montanha ressumasse aquele húmus cor de ferrugem. O terreno acentua sua encosta abrupta e ele cai várias vezes de bunda no chão, se levanta segurando o tronco molhado das árvores. Caminha um bom tempo, obrigado à prudência, com a sensação de que a floresta se estende, se distorce, se renova indefinidamente.

Então ele vê o pai, ou melhor, adivinha a silhueta do pai abaixo de um desnível, quase indiscernível no nevoeiro, uma sombra vertical e no entanto quebrada, avançando entre as árvores. O filho se deita de costas atrás de um tronco caído, com a atenção voltada para o barulho surdo do avanço do pai. Ele se apoia num cotovelo para olhar por cima do tronco, mas as árvores e a bruma dificultam a visão. Ele permanece imóvel entre o aroma de madeira e húmus em decomposição, a chuva gotejando sobre seu rosto, com o pequeno corpo imóvel de sua irmã contra seu peito.

Depois de uma longa espera, ouvindo apenas o crepitar da chuva, ele se levanta com cautela e volta sobre seus passos. Ele segura a recém-nascida com uma mão, usa a outra para subir a encosta na qual estava, agarra as pedras, as raízes, os galhos caídos no chão. Uma corrida precipitada se faz ouvir atrás dele e, chegando no topo da escarpa, o filho gira nos calcanhares.

O homem se encontra cerca de quinze metros encosta abaixo, e embora não possa distinguir com precisão seu rosto, o menino poderia jurar que ele ergue os olhos em sua direção. Eles se observam sem se mover; o pai não diz nada, não pronuncia nem mesmo seu nome. Talvez tenha esgotado todas as palavras. Ele não esboça nenhum gesto, como se tentasse acostumar sua visão ao menino, à sua presença, ou como se avaliasse a distância que os separa. Ele ergue lentamente as duas mãos em sinal de trégua, dá um passo na direção do filho, que imediatamente começa a correr a toda velocidade. O pai se lança atrás dele na encosta íngreme, cai, se levanta e retoma a laboriosa ascensão até o filho.

O bosque passa rapidamente pelo menino, nebuloso, irreal, no entanto invadido pelo alvor estacionário do dia. Ele corre em linha reta, desorientado, muda de direção ao sabor das desobstruções da vegetação, dos desvios que os troncos caídos o obrigam a fazer. Detém-se para olhar ao redor, sem fôlego, extenuado pela corrida e pelo peso da irmã, que machuca seus braços e suas costas. Ele sabe que não poderá continuar por muito mais tempo, que o pai — ou aquela coisa, aquele ser metamorfoseado por Les Roches que um dia reivindicou o direito de ser seu pai —, de passadas mais amplas e mais rápidas, acabará por alcançá-lo no coração denso e sem saída da floresta. Mas o filho segue caminhando, empurrado pelo desespero e por aquele medo antigo, primitivo, da caça perseguida incansavelmente pelo caçador.

Tentando seguir a claridade do dia, ele avança pela encosta suave de um novo desnível e diminui a velocidade. Árvores muito altas o circundam, de casca lisa e branca, malhada de preto, com longas fitas descascadas, como se seu crescimento tivesse acontecido depois de mudas sucessivas. Nos galhos, uma folhagem amarelo-vivo tremula. O filho caminha entre as árvores, descobre antigas feridas abertas a golpes de machado, sobre as quais a casca regenerada formou cicatrizes dilatadas e lívidas. A seiva derramada em abundância no passado escorreu sobre os troncos, nos quais os anos a fixaram como vômitos escuros. Algumas bétulas estão mortas; resta apenas a linha desfolhada, verde de musgos, erguida para o céu. Outras acabaram cedendo ao próprio peso, partidas no lugar onde os golpes do machado as fragilizaram, e repousam inclinadas, seguradas pelos galhos das árvores vizinhas ou caídas no chão. O bosque de bétulas verrugosas lembra ao menino um grande ossário, as imagens vistas nos livros com ilustrações de carcaças de animais pré-históricos, dos quais restam apenas as presas ou as costelas brancas e imóveis. Enormes buquês de visco criam em seus galhos sombras fantasmáticas, cobertas de bagas translúcidas.

O vento se levanta e a bruma se desfaz, abre um céu acinzentado por onde passa, em baixa altitude, um bando de gansos-bravos, precedidos por seus gritos. O filho ergue para eles o rosto molhado de suor e chuva. Ele se ajoelha para deixar a irmã no chão e toma o cuidado de deixar seu rosto para fora da manta isotérmica. As pálpebras da recém-nascida estão fechadas, sua testa queima; sua respiração é rápida e curta. Um soluço sobe no peito do menino, ele o engole na mesma hora.

Quando ele se levanta, ela volta a abrir os olhos. As duas crianças se encaram, o menino lhe faz uma promessa silenciosa antes de se afastar e desaparecer de seu campo de visão. Reunindo suas últimas forças, a recém-nascida começa então a chorar, e sua voz se eleva num grito enlouquecido, feroz e desesperado que rasga a tranquilidade sepulcral do bosque de bétulas.

O homem aparece, se imobiliza, atingido no coração pela visão das bétulas. O choro da criança o guia até ela. Ele a vê deitada no brilho dourado da manta isotérmica que crepita entre os pequenos punhos que a agarram e batem. A chuva arrefece, mas finas gotas continuam a tocar o revestimento metálico. Sem um olhar para o tronco lacerado das bétulas, o homem atravessa o espaço que os separa com um estranho pesar, retirando os pés da terra a cada passo. Ele se move com movimentos de inseto, com gestos de bicho-pau, numa grande lentidão, como se a todo momento o chão da montanha ameaçasse se abrir sob seus passos e engoli-lo, e quando finalmente se aproxima da recém-nascida, ele vacila em suas roupas encharcadas, com o pescoço para baixo, como se estivesse diante do próprio túmulo.

Ele não ouve o filho sair do bosque onde se mantinha à espreita, tampouco o ouve avançar atrás dele na ponta dos pés, mas percebe o clique do cão quando o filho arma o revólver às suas costas. Ele levanta a cabeça sem surpresa, se vira lentamente para contemplar, com seus olhos enlouquecidos e cansados, o cano apontado para seu peito. O menino segura a coronha com as duas mãos sem pestanejar, seu olhar cintila uma raiva antiga, familiar e há muito tempo contida.

O pai vasculha os bolsos com seus dedos aracnídeos, pretos de sujeira e terra, e leva aos lábios, com gestos trêmulos, um cigarro amassado.

Le fils de l'homme © Éditions Gallimard, 2021

Todos os direitos desta edição reservados à Todavia.

Grafia atualizada segundo o Acordo Ortográfico da Língua Portuguesa de 1990, que entrou em vigor no Brasil em 2009.

capa
Flávia Castanheira
foto de capa
Daria Piskareva
composição
Livia Takemura
preparação
Sheyla Miranda
revisão
Gabriela Rocha
Paula Queiroz

Dados Internacionais de Catalogação na Publicação (CIP)

Del Amo, Jean-Baptiste (1981-)
O filho do homem / Jean-Baptiste Del Amo ; tradução
Julia da Rosa Simões. — 1. ed. — São Paulo : Todavia, 2023.

Título original: Le fils de l'homme
ISBN 978-65-5692-536-3

1. Literatura francesa. 2. Romance. 3. Thriller.
I. Simões, Julia da Rosa. II. Título.

CDD 843

Índice para catálogo sistemático:
1. Literatura francesa : Romance 843

Bruna Heller — Bibliotecária — CRB 10/2348

todavia
Rua Luís Anhaia, 44
05433.020 São Paulo SP
T. 55 11. 3094 0500
www.todavialivros.com.br

fonte
Register*
papel
Pólen natural 80 g/m²
impressão
Geográfica